三十六把钥匙的房子

[法]纳丁·德贝托利斯 著　龚蕾 译

童趣出版有限公司编译　人民邮电出版社出版
北　京

图书在版编目（ＣＩＰ）数据

三十六把钥匙的房子 / （法）纳丁·德贝托利斯著；童趣出版有限公司编译；龚蕾译. -- 北京 ：人民邮电出版社，2024.4
ISBN 978-7-115-63458-0

Ⅰ．①三… Ⅱ．①纳… ②童… ③龚… Ⅲ．①儿童小说－长篇小说－法国－现代 Ⅳ．①I565.84

中国国家版本馆CIP数据核字(2024)第003852号

著作权合同登记号 图字：01-2022-1879

著　　　　：[法]纳丁·德贝托利斯
译　　　　：龚　蕾
责任编辑：吴　悦　　　　责任印制：李晓敏
美术编辑：穆　易　　　　封面设计：北京绵绵细语文化创意有限公司

编　　译：童趣出版有限公司
出　　版：人民邮电出版社
地　　址：北京市丰台区成寿寺路 11 号邮电出版大厦（100164）
网　　址：www.childrenfun.com.cn

读者热线：010-81054177　　　经销电话：010-81054120

印　　刷：三河市兴达印务有限公司
开　　本：880×1270 1/32
印　　张：8
字　　数：160 千字
版　　次：2024 年 4 月第 1 版　　2024 年 4 月第 1 次印刷
书　　号：ISBN 978-7-115-63458-0
定　　价：35.00 元

目 录

目录

出人意料的复活节假期

　　这个故事要从一个星期六的早晨，当爸爸启动烤面包机的时候讲起。

　　他的行为可以引起一场火灾，制造一场毁灭整个街区的大爆炸，甚至打开一扇跨越时空的大门吗？不，这些当然没有发生。然而，对我们全家人来说，接下来的事情远比这些情况更恐怖，因为爸爸背对着我们说了一句话："下个月我要去巴西两个星期，去工作。"

　　他趁着烤面包机的按钮发出叮的一声响时，小声说出这句话，心存侥幸地希望自己的运气好，妈妈没有听见他的话。但是，妈妈的耳朵非常灵敏，此刻她正等着爸爸重拾勇气，端着两片烤得金黄的面包片转过身来。

"今天已经是三十号了，所以……下个月……也就是后天了？"当妈妈情绪不好的时候，说话声就像电锯启动后发出的响声。在这种情况下，有谁想为自己辩解，简直无异于冒着让自己被锯成小木块，成为下一个夏天的烧烤燃料的风险。

"事实上，是八天以后，"爸爸坦白地说，"对不起，我近来总是不在你们身边……"

我的妹妹，泰莎，十岁半。虽然她还没有掌握妈妈"电锯声"的奥秘，但她已经对动画片里挥舞大棒的人物有了深刻印象。此刻，在她看来，爸爸就像动画片里被打得眼冒金星晕倒在地的可怜家伙。

"你从来都不在我们身边！"妈妈长久以来的怨气终于爆发了，"别告诉我是在复活节假期期间！"妈妈的声音又提高了分贝。

"是的，正是在那时候……"爸爸老老实实地回答。

"是的，你从来都不在我们身边！"听到爸爸的话，我也用肯定的语气声援妈妈。

"那么，我也要走！"妈妈神情严肃地向大家宣布她的决定。

"啊？"这一刻，爸爸、妹妹和我都不约而同地发出惊叹声。

妈妈没有继续用她的"电锯声"说话，而是换了一种镇定的声音。这是她宣布重大决定时一贯使用的声音，以此表示没有任何事情能让她改变决定。所以，她的那句"我也要走"就更让人忐忑不安了。

"我需要透口气。"她接着说，"我可不想在复活节假期继续在这里兼职做司机、厨娘、保姆。我要趁这个机会带着迪米特里和泰莎去厄斯塔什舅外祖父的庄园度假，正好看一看怎么处理那栋老房子。"

爸爸似乎松了口气。但是，我和泰莎听到妈妈的这些话之后，脸上都露出更加不自在的神情。妈妈口中的厄斯塔什舅外祖父（我们应该称呼他"厄斯塔什曾舅外祖父"）是妈妈的外祖母的哥哥。他是一百零一岁时去世的。我只在养老院里见过他几次，不清楚他为什么把自己那座又老又破的庄园留给我的妈妈。也许他们的关系比我想象的更亲近一些。总之，那座庄园就在里昂①的西北边，矗立在一个农庄的尽头，是一座饱经风霜的大庄园。

去年我们全家去过那里一次，因为通往庄园的最后一段路太过狭窄，而且崎岖不平，我们只好把车子停在距离庄园百米开外的地方，徒步走了过去。

在厄斯塔什曾舅外祖父去世后，庄园里的老房子一直保持原样，包括里面的客厅和厨房，甚至所有陈设都没有任何变动，就像仍有人居住一样。橱柜里和置物架上放满了东西，桌椅也被摆放得整整齐齐的。里面还有一盆盆塑料质地的绿色植物，让人觉得老房子仍充满生机。然而，那里的一切都被一层厚厚的灰尘覆盖着，我从没有在别的任何地方

①里昂：法国东南部城市。

见过那么厚的灰尘。

令我印象深刻的是，那栋老房子里有许多门，包括房门、柜子门……如果我没有记错的话，至少有十扇房门都上了锁。虽然妈妈有一串钥匙，但她一点儿也不喜欢探险游戏。从那里离开时，妈妈只是说："我们以后再来。"然而，差不多一年过去了，我们总也没有机会再去看看那座庄园和那栋老房子。

现在妈妈突然决定，几天后带着我和妹妹去那里度假。可是，我已经跟两个要好的朋友约好在复活节假期一起玩电子游戏、看电影，也许还会跟朋友们互相串门打发时间。好吧，那也许不是所有人梦想的假期，但对我来说，那就是我梦寐以求的休息方式。

"你不能这样对待我们！"泰莎表示反对，"放假时奥菲莉会来我们家，我们还准备在我的房间里搭帐篷呢！而且露邀请我参加她的生日派对，我们还约好了一起去游泳呢！我真的不愿意被埋在灰尘里！"

"去跟你的爸爸抱怨吧！他一个星期前才回来，

几天后又要离开！"妈妈喃喃地说，"我呢，我也需要休息！那个农庄能让我放松神经！"

"我们可以待在家里。"我向妈妈提议，"我已经十二岁了，泰莎也上五年级了……"

在我说这番话的时候，妈妈一直注视着我，就好像我刚刚拿着薯条蘸了草莓冰激凌，显得非常惬意。

"不可以！"她干脆利落地打破了我的幻想，"首先，我不会让你们自己在家待两个星期。其次，如果你觉得不需要父母就能打理好家里的一切，那么请你平时勤快一些，先证明给我看！"

我和泰莎都预感到"电锯声"快要出现了，于是交换了一个不情愿的眼神。我们知道反抗是没有用的，假期计划已经被破坏了。

去尚特卢布的路上

    八天后，爸爸上了飞机，妈妈则往汽车的后备箱里装满了行李。她不经常给自己放假，她是独立室内装潢设计师，很多时候都在家里工作，甚至常常利用晚上或周末完成某个项目。一般来说，在我和妹妹的学校放假期间，她的工作进度会稍微减慢，但不会完全停止，除非我们一起外出度假。爸爸的缺席通常不会让她像现在这样反感。妈妈总是对我们说，爸爸要完成工作，所以时常不在家。她从一开始就是知道的，她理解他，而且让我们都要适应。最后，妈妈会对我们说："正好，你们的爸爸喜欢旅游。"

在我小时候，大概是上小学期间，爸爸的工作对我造成了极大的困扰，让我很是头疼。人类学家，我从来都记不住这个单词应该怎么拼写，也没有能力解释这份工作到底是做什么的。

于是，从小学一年级到三年级，我一直对别人声称，我的爸爸是射箭冠军。别人会问我："真的有射箭运动员这个职业吗？"当我回答"有，有，当然有！"的时候，别人会非常认真地看着我，同时露出羡慕的表情来。因为当人们想到"射箭冠军"时，一般都会联想到很威风的侠盗罗宾汉，所以他们就会觉得当射箭运动员真是太幸运了。可是，在我上小学三年级时，老师问我能不能让我的爸爸在学校的庆祝活动上展示一下他的射箭技能……就这样，我的谎言传到了爸爸妈妈的耳朵里。

从那以后，我不得不停止这个谎言。在经历了很长一段时间不被别人理解的窘境后，我的爸爸是"射箭冠军"的神话最终破灭了。他在别人眼里从"罗宾汉"变成了"向日葵教授②"，而我在外面则尽量减少存在感，让自己渺小至尘埃。

作为人类学家，他们的工作就是思考和研究全世界的文化、撰写相关书籍、在研讨会上演讲等诸如此类的事情。但是，对于许多人来说，这样的工作比一张弓、一个箭靶难以想象多了。

爸爸总是频繁地去国外，有时出国的次数实在太多了，妈妈就会用她的"电锯声"表达不满。我承认，每当出现这种情况，那就意味着我们在某段时间真的很少见到爸爸了。有一次，他甚至差点儿不能出现在我们为他举办的生日派对上……

"迪米特里，我们等着你呢！"妈妈恼火地说。此时，她和泰莎已经站在门口准备出发了，而且钥匙已经插在家门上了。

我没有拖拖拉拉的，事实上我的脑子转得很快。正因为我喜欢不停地思考和分析，所以别人总是感觉我的行动慢了半拍。

我拿起自己的旅行包和她们一起上了车。车子一开出里昂，我们眼前的景色就有了变化。车子穿过

---

②向日葵教授：《丁丁历险记》中的角色，是个行为古怪的发明家。

一个山谷，在布满葡萄园、草地和森林的山间，沿着蜿蜒的公路飞驰。车子越开越远，越来越多的小村庄出现在我们的视线里。有时候，我们可以看到一些耸立在高处的小城堡，它们是用橘黄色的石砖砌成的，反射着太阳的光芒。我必须承认，那景色美极了……但是，我和泰莎仍保持沉默。她坐在后排，我坐在前排副驾驶的位置上。沉默的抗议，这就是我们惩罚妈妈"独裁统治"的方式。

车子开了一个多小时后，我们来到一个矗立着几栋房子的农庄。我看到一个跟我年龄相仿的女孩儿正坐在石阶上，神情显得百无聊赖。这个地方叫作尚特卢布，我去年离开这里后就把它忘记了。现在，当我再次听到这个名字时，只想发笑。就像我第一次听到这个名字的反应一样，尚特卢布让人觉得是个偏远、荒蛮的地方。

我们的车子开上一条满是小石子儿的路，路边竖着"此路不通"的警示标志。妈妈减缓了车速，但车子还是颠簸得厉害，就像人在打嗝儿一样。前进了大约一公里，小石子儿路逐渐换成了路边稀稀拉拉长着小草的土路，再往前开又出现了成片的草地，草地上还散落着树枝。最后，妈妈把车子停在路边，我们向目的地走去。

"这可真是沙漠里的梦想假期。"泰莎开始抱怨，"我们是来做骆驼的，还要驮着行李。"

不过，她的抱怨声很快就消失了，似乎被这里不可思议的宁静吞噬了。这里只有风吹过的声音、蟋蟀的振翅声，以及远处传来的牛的哞哞声。妈妈没有理会她的抱怨，于是泰莎很快就乖乖地闭上了嘴巴。

"好吧！"不一会儿她又开口说话了，"我先走，能把那串钥匙给我吗？"

我的妹妹泰莎就是这样，她可以在我们完全没有预料的情况下，让情绪从不高兴立刻切换到充满激情，或者让表情从大笑瞬间改为泪如雨下。她的情绪多变，就像大西洋岸边的天气那样阴晴不定。至于我嘛，我常常用好奇心战胜坏情绪，但有时也跟泰莎一样，心情时好时坏。说真的，我不了解自己，我更擅长分析别人而不是自己。我认为这没有什么不对的，毕竟客观地进行自我评价是一件有难度的事情。

总之，妈妈把一大串钥匙给了泰莎，然后跟我一起尽力拿上能拿的行李。

"太疯狂了，居然有这么多钥匙，至少有十五把！"泰莎表情夸张地说道。

即使身负重物，我还是跟着泰莎兴奋地向前跑去。因为在那一刻，我们突然特别渴望看到那栋神秘的老房子。

天气晴朗，气候宜人。更重要的是，我们可以在庄园里随心所欲地开启探秘之旅。虽然这仍无法取代我们与朋友们约定的梦想假期，但我有预感，那栋老房子将向我们展现它的无限可能。

我们来到庄园的大门前，抬眼就能看到屹立在庄园深处的那栋有许多窗户的楼房——那栋老房子，它曾经属于厄斯塔什曾舅外祖父。在我的记忆中，厄斯塔什曾舅外祖父的家似乎没有这么大，但现在看来，这真的是一座令人震撼的庄园。这座庄

园激发了我天生的探索欲，我兴奋得感到灵魂都在
战栗。

　　庄园的外墙有一部分被野生葡萄藤遮挡住了；
老房子前的草也长得很高了，其中还夹杂着带刺的
荆棘——我们必须穿过草丛才能走到那栋老房子
前——似乎大自然已经掌控了这个地方，防备着随
时可能出现的入侵者。

　　"好了，庄园的大门打开了！"妹妹泰莎兴奋
地说。

　　"把钥匙给我，我来打开那栋老房子的大门！"
我已经按捺不住激动的心情了。

紧闭的门

我足足试了八次才找到正确的钥匙。这串钥匙简直让人抓狂!

当我和泰莎终于推开老房子的大门时,妈妈来到我们身边。我们同时向前走,然后不约而同地皱起鼻子。自从我们上次离开这里后,这栋老房子已经将近一年没有通风了。而且,在此之前,也许已经很多年都没有人踏进这栋老房子的大门了。因为我实在想不出来,有谁会在厄斯塔什曾舅外祖父住在养老院的时候来这里。听说在厄斯塔什曾舅外祖父住进养老院后，家里人坚持要他把庄园租给别人或卖出去，但他很坚定地拒绝了。

那时候，他说："房子里有太多杂七杂八的东西要往外搬，我们怎么处理它们呢？更不用说那里还藏着许多秘密，秘密是不能售卖的！"

妈妈支持厄斯塔什曾舅外祖父，她说应该由他来权衡并做出决定，是否把庄园租给别人或卖出去。也许是因为妈妈的支持，现在这座庄园和这栋老房子才归她所有？以前我经常听到妈妈和她的表兄讨论如何处理这座庄园，他们的想法从来都是不同的：妈妈的表兄认为应该将庄园出租或出售，妈妈则支持厄斯塔什曾舅外祖父的想法。

无论如何，此刻这栋老房子因长时间封闭产生的霉味是可怕的、可憎的、令人窒息的，它让每个走进老房子的人感觉全身僵硬、无法忍受……我甚至可以继续用一连串词语描述此情此景。

因为一进门，左边就是厨房，经过厨房就是客厅，所以我们先打开了厨房和客厅的窗户。刹那间，新鲜的空气和耀眼的阳光破窗而入，那种感觉简直跟地球上刚孕育出生命时一模一样。

"好吧,"妈妈叹了口气,"看来我们要忙一阵子了……上次我们来到这儿的时候,大多数房门都是锁着的。我们必须收拾好几个房间,但我不知道这些钥匙究竟能打开哪些房门,你们用这些钥匙试试看。我还要忙着打开水阀和电闸,然后打扫厨房和客厅,这样我们在这里才能有个喘口气的地方。"

妈妈看起来有些伤感,或者是激动,我也说不上来。

"嗯……如果有些房间看起来比较奇怪……"她又说道,"我晚些时候再向你们解释。"

说完,妈妈转身离开了。我猜,她是怕我们向她提一些稀奇古怪的问题,所以转身离开就是避开我们的最好方式。我嘟囔着对妹妹说,我们的爸爸妈妈真是来去如风。不过,泰莎一点儿也不在意,因为她正迫不及待地要看看这栋老房子到底是什么样子,于是在抢走我手上的钥匙之后,她也很快跑远了。同样地,来去如风……

我观察四周，过了一会儿才跟上泰莎。厨房对面有两扇房门，分别是浴室和卫生间的门，它们都没有被锁上。了解这些总是有用的。客厅里没有任何东西散落在桌子上和地板上，但在置物架上，甚至壁柜顶上，堆满了东西。有些东西已经残缺不全，比如缺少时针的钟表、有豁口的花盆，或者弯弯扭扭缠绕着听筒线的古老的电话听筒，当然它们完全没有跟任何地方连接在一起。真是一些奇奇怪怪的收藏品！此外，这里还有数目庞大到超乎想象的、令人瞠目结舌的书，它们占满了沙发后面的整面墙。

"你到底来不来，'慢半拍的迪米火车'？"妹妹泰莎抱怨道。

"别这么叫我！"我一边表达我的不满，一边向她走去。

"那就别让我一个人完成这种不可能的任务！我一扇房门都打不开！"

泰莎站在客厅尽头的走廊里。那里有通往二楼的楼梯和四扇门，右边的后门上有一扇小窗户，透过小窗户能看到花园。这扇门上没有锁，只有一个插销。

"如果你的脑子能够机灵点儿，"我对泰莎说，"说不定这些房门早就被打开了。你肯定没有发觉自己一直在使用同一把钥匙吧！"我动作生硬地夺回钥匙，在泰莎面前示范起来。

"呵呵，每当你摆出一副数学老师的模样时，都会把下巴抬得非常高，可这一点儿也没有震慑力，反而显得很可笑。"泰莎用冷嘲热讽的语气回应我。

我什么话都没有说，以示她的讽刺对我毫无影响，但我还是稍微把下巴往回收了收。我试着把每一把钥匙都插进同一把门锁里，直到最后一把。可是，眼前这扇房门怎么都打不开。我又试着去打开另外两扇房门，结果也是一样的。

"这太奇怪了！"泰莎说，"来吧，我们去楼上试试。"

为了不把钥匙弄混，我们想了个办法：如果一把钥匙能打开一扇门，那么就把钥匙留在门锁上。我们首先排除了庄园大门和房子大门的钥匙，因为这会儿它们已经躺在厨房的桌子上了。然后，我花了点儿时间数了数剩余钥匙的数量：十五把。

"快点儿，你来吗？"泰莎不耐烦地扯着我的袖子问道。

木质楼梯在我们的脚下发出咯吱咯吱的声响。我们来到二楼，看到一个宽敞的T形走廊。在我们左手边有两扇房门，如果我们沿着走廊拐弯，就会发现走廊的左右两边各有三扇房门。而且，跟一楼一样，二楼只有两扇房门是打开的，分别是浴室和卫生间的门。除此之外，其他房门都被锁上了。

"这里需要打开六把锁。"我说。

"这房子可真大！厄斯塔什曾舅外祖父有几个孩子？"泰莎问。

"他没有孩子……所以我跟你一样好奇，他需要这么多房间干什么！"

我们互相看着对方愣了一会儿，接着泰莎劈手抢去了那串钥匙。我们把那串钥匙当橄榄球一样抢来抢去，第一个成功打开一扇房门的人就算进了一个球。悬念简直一个接一个，但我们花了十多分钟仍一无所获。这应该是体育史上最无聊的比赛了。

最终，当我们来到三楼后，我竟然成功地打开了一扇门！那是三楼尽头的最后一扇门。重要的是，从这里开始，一切都变得令人不可思议，甚至让人感到疯狂。

第一个发现

"哦，唯一能打开的这扇门是通往阁楼的……"泰莎挑着眉毛说。

"我们需要上去看看吗？"我问泰莎。

"你害怕了吗？"她问我。

我没有回答，也不想回答。我的妹妹，这个长着满头金发的孩子，她小时候就能凭着天使般的面孔让别人拜倒在她的脚下。但是，自从我上了初中，我发现她变得令人无法忍受了。我们小时候是很亲近的，可她后来的转变让我难以接受。

在我们还是小孩子的时候，我和泰莎总是整天腻在一起玩耍，晚上睡觉前还会挤在一张床上读书，一起拿着手边的东西玩各种游戏。对我们来说，童年的快乐秘方就是分享各自天马行空的想象，直到让那些无边无际的想象混合成一道美味且出人意料的精神"佳肴"。但是，在我上初中以后，更多有意思的事情吸引了我的注意力，跟泰莎在一起的时间不由得就减少了。她开始对我有了怨言，只要有机会就对我冷嘲热讽，甚至用言语挑衅我来发泄她的不满。这也让我开始反击，即使我没有她那么伶牙俐齿。

我上了楼梯，泰莎紧跟着我。我们来到一扇活板门下面——这扇活板门没有被锁上——因为有一套配重系统，我们毫不费力地打开了它。随后，我们来到一间巨大的阁楼里，阳光透过天窗照射进来，眼前的一切让我们目瞪口呆。

"这……这……这里是什么？"泰莎结结巴巴地问道。

"工作间？实验室？"我不由得发出感叹，"真是……哇……"

在阁楼里，许多用金属、木头或塑料制成的东西在桌子上摊成一片。这里还有几个变速箱、一个洗碗槽和一些玻璃试管。墙上的置物架上放满了大玻璃瓶。几台奇怪的小机器被放在阁楼的角落里，当中有些很明显是用这里散落的材料做成的，其他的则像是被使用的工具。

此外，还有一摞摞书和记事本……我从没有见过这么杂乱无章的地方——连我的房间也没有乱成这样过。

不过，这里的许多东西都是奇怪而有趣的。我们在阁楼里翻找了好一会儿，找到了一台有许多按钮的机器。虽然好奇心让我们像百爪挠心一样跃跃欲试，但我和泰莎都克制着没有乱碰那些按钮。我们心照不宣，不敢轻举妄动，以防不小心把阁楼给炸毁了。

我打开几个记事本浏览着——至少这不会引起灾难——里面的记录似乎是用一种很难理解的文字写成的。记事本里写满了方程式，有些方程式旁边打着大大的问号，还有许多能够被拆分、组合的符号。在记事本里，这儿画着一个奇怪的立方体，那儿画着一个齿轮的结构图，还有错综复杂的机械装置……我拿起一支铅笔和一个空白记事本准备做记录，但不知道能记录什么。这时，我听见泰莎在叫我。原来，她在一大堆破烂儿中看到一排壁柜。重要的是，这些壁柜都被锁着。

"我们用钥匙试试吧？"她问我。

我们没有不切实际的幻想，但眼前的场景让我们决定碰碰运气。在第一次尝试的时候，一把钥匙直接捅到了锁的深处。我们转动钥匙，清晰地听到锁被打开的声音。我看着泰莎，她也看着我。我们会在这个壁柜里发现什么？当找到这串钥匙的正确用途时，我们反而不敢把门打开了……

"你来吧！"泰莎在一旁鼓励我。

当壁柜被打开时，我们都不自觉地向后退了一步。壁柜里放着许多电缆线和电线卷。

"好了，下一个！"我说。

虽然花了点儿时间，但我们找到了每个壁柜的钥匙。随着我们一个接一个小小的胜利，钥匙串变得越来越轻。我们发现，有些壁柜是空的，有些壁柜里放着布料、电子零件、装有透明凝胶的瓶子，以及许多让人多少感到惊讶的东西。只剩下一个壁柜还没有打开。到这个时候，我们在这栋老房子里找到的东西并不比翻找自己家的房间时更多。不过，最大的收获是，我们发现了厄斯塔什曾舅外祖父更为真实的一面，以及许多要向妈妈咨询的问题。但出乎意料，最后一个壁柜里藏着更多秘密。

"天哪！"泰莎在打开最后一个壁柜时发出了惊叹声。

"原以为可以收工了，其实才刚刚开始……"我看着眼前的一幕，喃喃自语道。

壁柜里有十二把钥匙挂在钉子上。我们把它们补充到钥匙串上，准备再次尝试打开老房子里的每一扇门。

泰莎更愿意从一楼重新开始，我对此没有发表意见。其实，我本来有其他的打算，但我需要时间来权衡利弊并仔细考虑这个问题。就在我仍犹豫不决时，泰莎已经下了楼梯，所以我听从了泰莎的意见。

"妈妈？妈妈？"泰莎喊着，但没有得到回应。

"她应该在外面。"我说。

"我们先打开这三扇房门，然后再去找她。我一定要把我们在阁楼里的发现告诉她！"泰莎说。

"你想去找妈妈就去吧。我可以自己来试试这些钥匙。"

我这么说是为了向泰莎证明，她之前的猜测是错误的，我从来没有害怕过。不料，我听到泰莎说："不，我还是更喜欢跟你待在一起。这个地方神秘莫测，让人害怕，我不敢一个人到处乱跑。"

我惊讶地发现，当泰莎不再扮演"讨厌鬼"的角色时，我能够稍微放松一些。

我像个职业开锁匠，很快就打开了两扇房门：这是两间卧室，每间卧室里都有一张布满灰尘的大床。我们打了好几个喷嚏后才能开口说话。

"我们还是睡在同一间卧室里，对吧？"泰莎问我，"我觉得这样更好。即使我从不迷信，但在这样一栋曾居住着'疯狂科学家'的老房子里，说不定真的有幽灵或怪物藏在大衣柜里。为了保险起见，我们最好待在一起吧！"

"是的，谁也不知道会发生什么。我们去找妈妈，过会儿再来开第三扇房门。"我说道。

达芙妮

刚来到这座庄园时，我没有注意到老房子旁边还有一座粮仓，即使它非常大。现在妈妈就在那里，她正面带微笑地拿着一把气筒，围着几辆自行车忙碌着。

"啊，你们来啦！"妈妈看到我们马上喊道，"自行车还在这里呢！它们还可以用，真是太好了！这样你们就可以在附近转一转了，周围的风景不错！"

"可是……你很了解这里吗？"泰莎问道。

"当然了！我小时候在这里居住过很长一段时间呢！我没有告诉过你们吗？"

"没有，从来没有！"我抢着回答，"你知道吗，我们在阁楼里有非常惊人的发现！"

妈妈沉默地看着我们。我看得很清楚，她在思考着什么，她应该是在分析现在的情况。我总是像她这样思考问题，我的习惯就是从她那儿遗传来的。

"吃晚饭的时候我会跟你们讲一讲厄斯塔什舅外祖父的事情。"她说，然后问我们，"你们打开了几个房间？你们真是用了不少时间呢！"

"我们必须找到正确的钥匙呀！"泰莎有些委屈地回应妈妈，"你知道吗，有的钥匙并不在你给我们的那个钥匙串上，但我们打开了一楼的两间卧室。我和迪米特里想睡在同一间卧室里，就像小时候那样。"

"好的！"妈妈说，"我这就去打扫那两间卧室。一楼中间的卧室是我小时候在这里居住的房间，我很高兴能故地重游。拿着车钥匙，如果你们愿意就骑车去附近转一转吧！我给这两辆自行车的轮胎充了气。不过，你们一小时之内必须回来。"

直到这时，我才看清楚粮仓里的东西：大大小小的自行车至少有十五辆，有成年人用的，有大孩子用的，还有小孩子用的。它们的共同点是都很旧。除了妈妈给我们准备的那两辆自行车，其他自行车都覆盖着一层油腻的灰尘。对一位单身生活一辈子的老人来说，这一切都让人感觉越来越奇怪了。

"但是，这座粮仓……"泰莎说。

"我说了，吃晚饭的时候再谈论这些，泰莎！"妈妈果断地打断了她的话。

好吧，妈妈也变得越来越奇怪了。我们没有逗留，在有了那么多奇怪的发现后，骑车出去转一转的提议让我们的心情变得晴朗了一些。也许骑车时吹到脸上的风能让头脑更清醒，于是我们蹬上各自的"赛车"，骑到我们来时的路上。

尚特卢布的中心区域很快就出现在我们的视线里，我们围着那里转了两圈，以便看清楚其中的景物：六栋房子、三个菜园、一张大蹦床、两架秋千和一口井。

"我们去村子里看看？"泰莎提议。

尚特卢布是罗布利泽村旁边的一个农庄，离村子大约有两公里远。我们今天早晨开车穿过那个村子，它是那么小，里面大概只有一个面包房、一家酒吧——同时也是百货商店和书店，还有一个比我们的公寓大不了多少的杂货铺……仅仅是我们在里昂生活的那条街上，就有比这里多十倍的商店！罗布利泽村真的很小，但我注意到这里的景色很漂亮，村子里也很热闹。大部分房子是石砌的，街道狭窄，但周边布满鲜花，而且一眼就能看到远处郁郁葱葱的山丘。

"好主意！"过了好一会儿，我才回应泰莎的提议。不过，泰莎早已习惯了我发言前的沉默。

农庄里有好几条路，可我们不记得哪条路是正确的了，所以我们将信将疑地骑车走上其中一条路。我有个奇怪的感觉，我的余光好像看到了什么，却又愚蠢地错过了。突然，我看到了她——那个女孩儿，早晨坐在石阶上的女孩儿，现在她正躲在窗户后面偷看我们。我几次跟她的目光交会，可她每次都躲起来。不知道为什么，我急匆匆地停下自行车。也许我需要时间来分析现在的情况，不是吗？

"你在干什么？"泰莎不满地问我，"我觉得应该是左边的路。来吧，大不了在前面掉转回来！"

"不，等等！"我喊住了泰莎。

我走到那个女孩儿家的门前，很想敲开门问问路。因为我和泰莎就像荒漠中迷路的旅人，假如遇到与我们年龄相仿的人类生命体，我认为那将是非常幸运的。但也可能恰恰相反，假如有陌生人在场，我和泰莎就不能大大方方、自由自在地讨论那栋奇怪的老房子了。而且，考虑到我两次看到那个女孩儿的情景，我感觉她并不是很友好……这时，门突然开了。

显然，我又花了太多时间分析情况。女孩儿站在石阶上盯着我。她和泰莎一样有一头长发，但颜色是深棕色的。她的鼻子又细又长，眼睛却不大。我经常看到有些人的外貌跟某种动物很相似，因此我觉得这个女孩儿有一张漂亮的狐狸脸。然而，当我突然注意到她生气的表情时，我感觉脊背升起一股凉意。

"你为什么站在我家门前？你想干什么？"她问我。

"嘿，你好！"泰莎从前面倒退回来替我回答，"我们不得已来到前面那个死胡同里的庄园度假，就是那边……这算是'妈妈们自私且糟糕的计划'……好吧，不说这个了。你是住在这里，还是来度假的？"

女孩儿的神情放松下来。泰莎就是有这个本事，到哪里都可以交到朋友，她说的话总能让别人觉得很舒服。她怎么总能找到正确的言辞？对我来说，这种能力简直就是个谜。我模仿过她，但很少成功。

"我住在这里。你们真的住在那栋老房子里？真的吗？"

"是的，怎么了？"泰莎不解地问。

女孩儿犹豫了。

"听说那座庄园里住着一个疯子，他差不多被关在那里一辈子。"女孩儿说，"他做了一些……奇怪的事情。"

"奇怪的事情？"泰莎好奇地重复道。

"是的，我不知道究竟是什么样的事情。"

我静静地听着她们的交谈，同时对自己说："这栋老房子的名声可真好！"

"胡说！"我听到泰莎反驳那个女孩儿，"那是我妈妈的舅外祖父的庄园。他没有被关起来，他去了养老院，现在已经去世了。"

泰莎没有反驳"疯子"这个词。的确，想一想我们在阁楼里发现的东西……事实上我们并不了解真相。

"啊，对不起！"女孩儿说。

"没关系，我们几乎不认识他！不过，他活到一百零一岁呢！"泰莎再一次毫不费力地化解了尴尬。

"你们会在这里逗留很久吗？"女孩儿问道。

"我们会在这里待两个星期！"泰莎用夸张又绝望的语气说，"我叫泰莎，这是我的哥哥迪米特里。他看起来像个哑巴，事实上他可不是哑巴，你迟早会听到他的声音的。你叫什么名字？"

女孩儿犹豫了一会儿才回答，好像说出自己的名字是做出重要的承诺一样。我观察着她，觉得她的脸色有点儿灰暗。最终，我发现她眼睛下的阴影是由于劳累形成的眼袋。她休息得不好吗？

"达芙妮！"她回答道。

"我们在寻找前往罗布利泽村的路。"泰莎说，"你能陪我们一起去吗？"

"如果是那样就太好了！"我赶忙表明自己的态度，以便让她知道我真的不是哑巴。

"啊，是真的，他说话了！"达芙妮说。

我哼了一声，翻了个大大的白眼，以示我完全不在乎她的话。

"你想加入我们吗？"泰莎坚持着问道。

"好吧，否则你们真的会迷失在各个农庄里，这里的路牌标示得不是很清晰。"

达芙妮骑上她的自行车，我们三个一起上了路。她把我们带到罗布利泽村，还担任起导游的角色。我们很快就在罗布利泽村转了一圈。泰莎和我都尽量避开厄斯塔什曾舅外祖父的话题，但达芙妮问了我们许多关于老房子的问题。她告诉我们，有一段时间，她常常冒险走到那条通往庄园的路上。她会一直走到路的尽头，通过庄园的大门观察那栋巨大的老房子。的确，那栋老房子会让人觉得好奇并产生许多联想。

"那栋老房子里面是什么样子？"达芙妮好奇地问道。

我们能说什么呢？或者，我们不能说什么呢？最后，泰莎告诉达芙妮，她可以亲自去看看。达芙妮非常高兴，我觉得她一直在等待这个邀请呢！但是，她很快又恢复沉重的表情，脸色灰暗。我看着她，越发觉得她的生活并不快乐。她似乎被一些念头折磨着，好心情也被吞噬了。而且，泰莎问了一些有关她的私人问题，她总是避而不答。因此，我们只知道她上初中一年级。也许当我们彼此更熟悉一些，当她更了解和信任我们的时候，她就会把隐藏悲伤的"钥匙"交给我们。自从我们来到这里，一切都与钥匙有关！

"哦，糟糕！妈妈说过，我们出门不能超过一小时，我们得赶快回去了！"泰莎惊叫道，"达芙妮，你明天想来找我们吗？明天下午？"

　　"太好了！"她回答，"这样我也可以换换脑筋，放松一下。"

什么也没有

　　当我和泰莎回到那栋老房子的时候，妈妈正在厨房里忙碌着。文火慢炖的蔬菜和撒在肉饼上的香料，透出淡淡的橄榄油的气味，令人垂涎欲滴。现在这里的气氛跟我们刚到这里时凌乱、封闭、破旧的感觉完全不一样！妈妈已经打扫了地板和天花板，清理了桌子和切菜台，拆下了旧窗帘，但好像还没有擦玻璃和置物架。不过，无论如何，这里比之前清爽多了。在那两间被打开的卧室里，窗户已经全都敞开，迎接着扑面而来的春天的气息。看来，妈妈用吸尘器和鸡毛掸子创造了奇迹。

"我从家里带来了干净的床单和被套。你们先把床整理好，我继续把饭做完。"妈妈对我们说。

我发出感叹："到哪里都一样！只要我们出现在成年人的视线里超过一分钟，他们总能想办法不让我们闲着……"

"爸爸已经到巴西了吗？"泰莎一边问，一边拿起一摞床单和被套。

"他还在飞机上。巴西那么远，我们明天早晨才会有他的消息。"

不一会儿，我和泰莎就把卧室收拾好了——当然也趁机躲在被套里进行了一场长达十分钟的"幽灵"之间的激烈战争。

"吃饭了！"妈妈突然喊道。

妈妈承诺过，晚饭的时候会给我们讲一讲厄斯塔什曾舅外祖父的故事，所以泰莎没等妈妈吃上一口饭就开始了她的问题："那么，你知道阁楼里的那个工作间，或者说实验室吗？厄斯塔什曾舅外祖父以前在里面做什么？"

妈妈笑了。

"他是个很有意思的人，这不是一两句话就能解释清楚的……他非常聪明。他年轻时只是个技工，但很快就成了工程师。机器和设备的图纸越复杂，他就越开心。我的外祖母曾告诉我，厄斯塔什舅外祖父很有名气，许多人都来找他。"

说到这里，我想讲一讲妈妈的故事，虽然她不太愿意提起这些。她是在我的曾外祖父母身边长大的，因为她的父母，也就是我的外祖父母，在我妈妈六岁时因车祸去世了。妈妈说起过去的事情总会提到她的外祖父母，他们在惨剧发生后将妈妈抚养长大，而厄斯塔什曾舅外祖父就是妈妈的外祖母的大哥。

"他做了些什么？"泰莎问。

"他曾经是军人。我不知道他在军队的职务，那是他不愿意提起的。他更喜欢讲述他离开军队以后的生活。"

"那么他后来做过什么？"我迫切地想知道。

"他在一家大型企业做工程师，不过只干了几年就不干了。他存够钱后就买了这栋房子住进来。然后，他开始制造一些奇怪的机器。外祖母告诉我，他经常会在你们发现的那间阁楼里待上一整天。"

"他发明了什么？"泰莎兴奋地问道。

"嗯……"妈妈回忆着，"什么也没有。"

"什么？可是……"

泰莎显然很失望。此时，我在反复思考另一个问题，于是我决定把这个问题提出来："厄斯塔什曾舅外祖父是一个人生活吗？这里有这么多房间，似乎有些奇怪，而且还有这么多自行车……"

"迪米特里，你总是观察得这么细致！"妈妈笑着说，"是的，他一个人生活，但他很……乐意招待别人。这个说来话长，我不知道该从哪儿说起。等我们把所有房门都打开后再说吧，那样你们会更容易理解。明天你们试着找一找其余的房间钥匙，到时候我再给你们继续讲发生在这栋老房子里的故事。"

"你说'什么也没有'？"泰莎问道，妈妈的回答让她非常不满意，"真的没有发明任何东西？你刚刚还说他是个很出色的工程师。"

"我是说在那间阁楼里，他什么也没有发明过。"妈妈回答，"那时候他在做一个项目，想发明一种特别的机器。"

在关于这栋老房子的传言里，达芙妮提到过"奇怪的东西"。那么，这些传言也许并非都是空穴来风。

"他没有成功吗？"泰莎问。

"也不能这么说。"妈妈回答。

我们的交谈让妈妈陷入了沉思。虽然气氛没有变得紧张，但也不轻松……妈妈似乎不愿再多说一个字。

"求你了！"泰莎有打破砂锅问到底的气势，"你跟我们再多说一些吧！他究竟想发明什么样的机器？"

过了好久，妈妈才回答泰莎。随着我们的交谈，妈妈的脸色逐渐变得苍白，我们的提问似乎让她透不过气来。

"坦白地说，这勾起了我很久以前的记忆，让我的情绪有些被触动。孩子们，别问了，现在我什么都不想再说了。"

妈妈的态度很坚决，不容反驳。我们既惊讶又失望。她只兑现了一部分承诺，而且我们觉得她似乎要流泪了，好像在这种情况下继续追问她是非常不合适的。那么，如果我们想要了解更多真相，只有明天打开那些锁着的房门了。妈妈给我们的那串钥匙是她继承这座庄园时拿到的，现在只剩下四把，钥匙串上另外的十把是我们在阁楼的壁柜里找到的。看来，明天我们要做的事情还有很多呢！

更多的门和记事本

"最后这把……也打不开……"泰莎一边低喃，一边将手中的钥匙插进一楼唯一紧闭的房门门锁里。

钥匙串上的所有钥匙都被试了个遍，可仍没有打开这扇房门。这可不是个好的开始。

"希望我们能再找到一个装满钥匙的柜子，这样就能揭开这栋老房子的所有秘密，否则我们大概要到网络上搜一搜撬锁的秘籍了！"泰莎说。

我们上了楼，继续尝试打开二楼紧闭的六扇房门。我带上之前在阁楼里拿的记事本和铅笔，告诉泰莎我想画一张整栋老房子的平面图。我的想法立即引起了她的兴趣。这个假期真的越来越有意思了。在她继续尝试用钥匙开门的时候，我已经在画一楼的平面图了。

"打开了！"泰莎突然大喊起来。

我快步走向她。只见她转动了手里的钥匙，但没有推开门。我们都将信将疑地盯着门把手。这栋老房子如此神秘，现在即使有人说门把手上带电，我们也不会太吃惊。

"我要开门了！"泰莎说，她总是比我更快地做出决定。

这也是一间卧室，跟楼下的卧室布置基本相同。不同的是，在床旁边的五斗柜上，放着一台奇怪的机器。我敢打赌，这台机器是厄斯塔什曾舅外祖父制造的。它由齿轮、导管、小金属球、油管，以及一个像是医生给病人量血压用的魔术贴臂环组成。

机器上还有许多电子组件和一个用来接通电源的插头。这台机器是干什么用的？泰莎和我在壁柜里、抽屉里到处翻找，希望能找到线索。我们找到一些玻璃瓶，它们跟阁楼里的那些玻璃瓶是同样的规格，不过这些玻璃瓶里装满了透明的液体，瓶身上还贴着标签，上面写着：

薄荷酒精

（Alcool de menthe ）

黑葡萄汁

（Moût de raisin noir）

牡蛎的珍珠层

（Nacre d'huître ）

海索草灵药

（Élixir d'hysope）

甜菜糖

（Sucre de jeune betterave）

碘化钾

（Iodure de potassium）

氨

（Ammoniac）

看到这张配料清单，我在想，如果打开其中一个玻璃瓶会不会有危险。然而，就在这时，只听噗的一声，一个瓶盖被打开了。我目瞪口呆地看着泰莎，只见她凑到瓶口闻了闻，她的动作是那么流畅，以至于我根本来不及喊她或用手势制止她。幸好没有发生意外，但泰莎对任何危险都毫无防备的样子令我难以置信。

"我没有想到可能会有危险。"她坦诚地解释道。泰莎的态度让我越发感到惊讶，因为她很少承认自己的错误。大概是意识到这些材料混合在一起是有危险的，她非常害怕，才会对我解释吧。

"我们的运气好，没有出问题！"我安慰她，随后又问道，"你闻到什么气味了吗？"

"没有任何气味。也许我们应该尝一尝？"

我瞪着她，那表情就跟爸爸听到有人说通布图在美洲时一样，因为这个城市明明是在非洲的马里共和国。

"我只是开个玩笑，不是真的要尝一尝……"

我想，我们有必要把这个房间再搜一遍，因为我们翻遍了房间，却没找到任何有用的东西。随后，我把标签上的配料清单誊抄到记事本上。其实，我也很想把那台机器的结构图画下来，但我没有信心能把那么精细的结构画得很准确，于是放弃了。

跟昨天一样，我们把钥匙留在门锁上，然后迫不及待地去尝试打开其他房门。我必须说，我们的运气比想象的更好。在剩下的五把门锁中，有四把都找到了对应的钥匙，我们听到钥匙在门锁里发出了动听的声音。

被打开的这几个房间同样是卧室，里面的布置跟刚才那间卧室一样——一样的家具、一样的机器、一样的带有标签的玻璃瓶——不过，其中一间卧室里还有一扇锁着的门，显然我们手里的钥匙都不能打开它。

突然，外面传来轰隆隆的马达声。我们看向窗外，发现妈妈正站在高高的草丛中，手里还握着割草机。今天早晨她说要打理花园。现在她所站的地方曾是一片草坪，而不是长满了荆棘和齐人高野草的野外草场。等妈妈完成这个艰巨的任务后，我们就可以去花园玩探险游戏了。

"现在我们还是集中精力对付房子里面的事情吧！"泰莎说，"我们应该做什么呢？把一台机器通上电，看看会发生什么？"

"真的要那样做吗？"我有点儿害怕了，"我们还没有翻找完这层楼的所有房间……也没有打开三楼的房间……我还没有画完这层楼的平面图……而且，那样也许太冒险了……"我语无伦次，显然在找各种理由说服泰莎不要那样做。

泰莎叹了口气，又翻了个白眼。她摇头表示对我的话不赞同，她的金色马尾辫也随之摆动，就像在对我催眠。

"好吧，"她做了决定，"在你画图的时候，我再到这层楼的每个房间转一转，这样你就有时间平静下来或是逃跑了，'胆小鬼迪米'！然后，我们测试了机器再上三楼。"

好吧，泰莎的脾气又让我感到不舒服了……就在我思考怎样完美地反驳她时，她已经走进了一个房间。我没有想出合适的言辞反驳泰莎，而且她已经走了，于是我只能在走廊里嘟嚷着说："不要这么叫我！"以此表明我不是那么好欺负的。然后，我将记事本翻到新的一页。

我们当然没有乘船，但这里神秘的一切都让我觉得我们正在海上航行，那就像一次不可预料且充满危险的探险。

我开始画二楼的框架。

我在楼层平面图上已经标出了三个问号，两个在二楼，一个在一楼。因此，我很好奇三楼会有什么在等着我们……

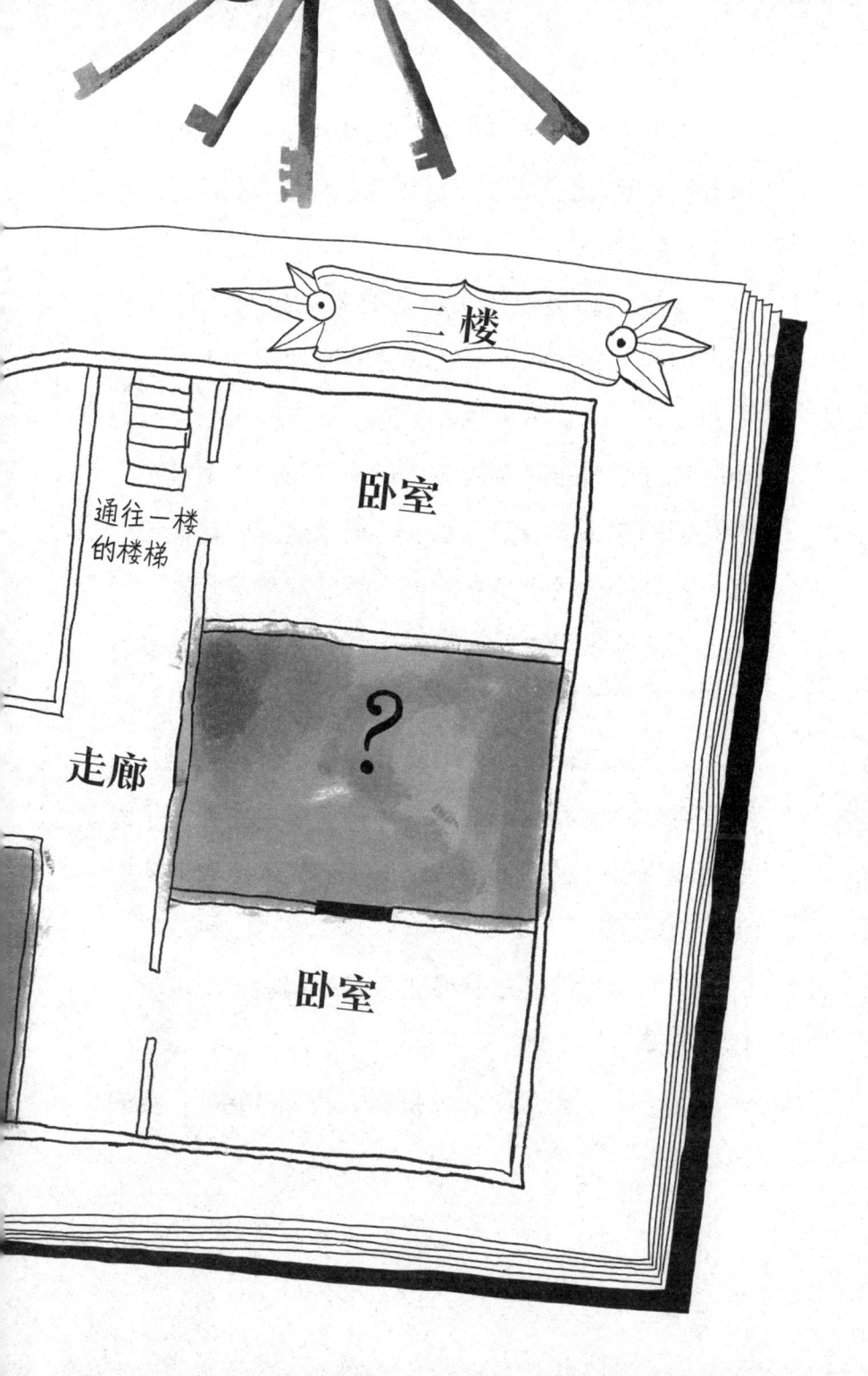

不一会儿，泰莎向我走来："我找到个东西！它掉在一个床头柜的后面了，也许是某位曾在这里居住的人遗忘的。"

我接过她递给我的小正方形硬纸片。这是一张黑白照片，比我们现在常见的照片尺寸小一些。照片上，一个长着深色头发的小女孩儿正在骑自行车。她几乎是背对着镜头，样子在照片上很模糊，但我们能看清周围的风景——很像这里的花园和粮仓，还有一个四十多岁的男人举着双手召唤她。那个男人的脸很陌生。我翻过照片，在背面没有发现日期、名字或其他线索。

"厄斯塔什曾舅外祖父能在这里做什么呢？"泰莎越过我的肩头仔细观察照片，"这栋老房子以前是用来做什么的？旅馆？孩子们的假期营地？医院？游乐园？"

"如果我们能知道那些机器的用途，也许就能找到答案。"我说。

这一次，泰莎笑了："那么，我们开始吧，我的迪米特里！"

机 器

　　有时候，我真的受不了妹妹泰莎的性格。我是个慢性子，而她跟我完全相反。我们两个就像赛跑的乌龟和兔子，但泰莎这只"兔子"听到发令枪响就出发，中途可不会停歇。说她行事鲁莽似乎也不合适，我只能说，她喜欢边行动边思考，所以很多时候她都能顺利地完成一切。即使在她低估了危险程度的时候，也会有"幸运星"帮着她，把她从危险的边缘拉回来。比如，她闻了装满奇怪液体的玻璃瓶也没有发生意外，就是最好的证明。所以，有时候她会叫我"胆小鬼迪米"。

总之，泰莎让我很恼火。但我必须承认，如果没有她，有时候我会像个傻瓜一样，在陌生的环境中犹豫不决。而她就是那种拿着短刀直接冲进森林开路的性格，跟在她后面真是太舒服了。

"我觉得我们应该把玻璃瓶里的液体倒进这个油箱里。"泰莎说，"从逻辑上来讲，传动装置会按下这个油管，让液体一滴一滴地流出来。我们试试吧？"

我也凑近观察这台机器，的确没有其他地方可以注入液体。我用颤抖的手打开机器的油箱盖子。然后，我接过泰莎递过来的玻璃瓶，开启瓶盖。瓶盖被开启时发出噗的声响，让我吓了一跳。

"放松点儿！"泰莎说，"如果机器会爆炸，那么这栋老房子也不会存在这么久了！谁先来？"

"干什么？"我没有明白她的意思。

"戴上这个臂环！你想让我试一试吗？"

这里有一个连接机器的臂环，像是测量血压的仪器。现在泰莎正准备把臂环戴到自己的手臂上。

"不，你疯了吗？不可以在自己身上做实验！"我提醒她。

我把床上的长枕头拿起来，在手里压了压。它看起来就像个很粗的手臂，因为很软，所以能套上臂环并贴好魔术贴。现在我们就可以将机器通电进行测试了。

"唉，好吧！"泰莎说，"这样更谨慎……"

我们刚把机器通上电，好多个不同颜色的二极管就亮了起来。眼前的一幕让我觉得它更像一棵圣诞树，而不是一台会引起科学革命的机器。机器上至少有十个开关，有的是旋钮，有的是按钮。我还在仔细分析各种可能性，而泰莎已经开始操作了。她启动一个按钮，齿轮开始转动。液体因油箱旁亮起的二极管显现颜色，同时还出现许多泡泡。油管里充满了液体，一个小齿轮带动一个大齿轮，后者又将许多小金属球推进一个导管里。我之前没有注意到机器下方有个非常小的手柄，这会儿它也在转动，同时响起了微小的乐曲声。

我的眼睛尝试着捕捉一切动静，但在这个奇怪的循环里，至少有十个不同的动作在同时进行。泰莎看着液体一滴滴地滴到下面的储液罐里，然后去摸臂环。她看了看臂环和机器之间的连接管，并用手指轻轻地夹了夹。

"真不知道这台机器是干什么用的。这不会是个音乐盒吧？"我也走上前，以便仔细观察长枕头和臂环。跟医生量血压用的仪器不同，这个臂环没有充气，它只是在内侧变得湿润起来。

"这是用来给病人的皮肤涂液体的。"我说。

"'病人'？你认为这是一台医疗设备？没有任何证据证明，厄斯塔什曾舅外祖父把这里改造成了医院，我们完全没有听说过这些情况。"

"至少看起来很像！如果这些液体不是某种药水，你认为它们会是什么呢？"

"一种把人变成狼人或让人拥有超能力的魔法药水？"泰莎猜测道，"或是让人永葆青春的美容品？也有可能是一种传染性很强的病毒，以便摧毁世界？"

"你从哪里冒出来的这些想法，这些都是不可能的！"我训斥道。

泰莎耸了耸肩，撇了撇嘴。

"我知道了，来这里的人不可能是为了治疗由医生或正规医院诊断过的疾病。他们一定是患了某种隐密且特别的疾病才到这里治疗。"泰莎说到了问题的重点。

一阵凉意瞬间穿透我的身体，我像个没有思想的机器人，从口袋里拿出钥匙摆弄着。

"我们必须让妈妈来看看！"我低喃着，"她肯定知道这台机器的用途。"

泰莎从我手里拿过钥匙数了数：最初的钥匙剩下四把，后来在阁楼壁柜里找到的钥匙剩下五把。此时，外面的割草机仍轰隆隆地响着。我们拔掉机器的插头，决定去三楼试试能打开哪些房间的门，然后再去问妈妈。

奇怪的三楼

我们踏上楼梯，从二楼到三楼的楼梯发出咯吱咯
吱的声响，这声响比从一楼到二楼的更甚。

三楼的走廊跟二楼的一样，但房间的分布却不
同。在三楼的走廊里，只有浴室、卫生间，以及旁边
一个房间的位置与二楼相同。我们决定从走廊尽头的
房间开始尝试。在通往阁楼的楼梯旁边并排有三个房
间。昨天晚上，我们已经试过钥匙串上最初剩下的四
把钥匙，所以现在只需要试试阁楼壁柜里剩下的五把
钥匙了。

"打开了！"当我用其中一把钥匙打开一个房间时，高兴地说。展现在我们眼前的房间是卧室，它跟二楼卧室的布置相同：床、床头柜、五斗柜、奇怪的机器、置物架、玻璃瓶、大衣柜。接下来的两个房间也一样。说实话，我们有些失望。这层楼还剩下三个房间没有打开，但在阁楼壁柜里找到的钥匙只剩下两把了，而我们还没有更多的发现。我们决定继续尝试，下一个目标是卫生间旁边的房间。

咔嚓！

"哟嚯！"当钥匙开始转动时，我脱口而出。

"我们应该给爸爸发一封电子邮件，把这里的一切都告诉他。"泰莎思索着说，"他总是能给我们很好的建议。好了，我们进去吗？"

我点点头，同时转动门把手。

我们走进了一个非常奇怪的房间。一个U形走道把房间隔出一个小隔间。当然，小隔间的门是锁着的。走道的墙壁上布满置物架，上面摆放着几十套，甚至几百套适合各种年龄的人玩的桌游。我从来没有见过这么多桌游，真是太疯狂了！泰莎尝试打开小隔间的门，却没有成功，最后她透过钥匙孔向小隔间里面望去。

"里面有光！"她说，"小隔间里应该有窗户，就像这个U形走道的两端一样。你有没有印象，当我们从外面看这栋老房子的时候，好像在哪里看到了三扇并排的窗户？"

"对，好像从粮仓那边看过来就能看到它们。你看到小隔间里有什么东西吗？"

"有书柜，但上面放的不像是书，更像是一些小型记事本，而且有很多呢！也许厄斯塔什曾舅外祖父是一位作家？"

"那得看看这些记事本才知道……"

就像泰莎说的，窗户让U形走道的两端都透出了光亮，但房门附近还是昏暗的。我找到电灯开关，开了灯，以便能够将置物架上的桌游看得更清楚一些。

"泰莎，快看！"世界上最美好的一幕出现了：门后有一把钥匙正挂在一颗钉子上。

"哇！有进展啦！"泰莎欢呼道，她马上拿起钥匙去开小隔间的门，"什么？不是这把钥匙！"

我们又回到走廊上。走廊上还有两个房间没有打开。泰莎决定从她正对面的那个房间开始，试试最后一把在阁楼壁柜里找到的钥匙。

咔嚓！

门打开了。这个房间也布置着床、床头柜、五斗柜、奇怪的机器、置物架、玻璃瓶和大衣柜。

"这些奇怪的房间简直让我发疯！"泰莎抱怨道，"我希望在这层楼的最后一个房间会有新的发现。"

"如果那扇房门能打开的话。"我提醒她，"现在我们试试刚才在'桌游世界'里找到的这把钥匙。"

"这面巨大的墙壁上还剩下唯一一扇房门。"泰莎观察一番后说道，"这肯定是个特别的房间。来吧，我要祈祷！"

她真的将两只手的无名指与小指相交，食指与中指相交，两个大拇指相交，做出祈祷的样子。

随后，我认真地将钥匙插进门锁里，感觉到钥匙可以插到底。我的眼睛睁大了一些，连呼吸都有了一瞬间的停顿——妈妈说过，有时我总是能把普通的事情变得富有戏剧色彩。现在她的话应验了，钥匙转动了，我们真的成功了！

咔嚓！

"你看，祈祷是有用的吧！"泰莎露出胜利的笑容，即使她并不相信自己说的话。

泰莎拿走了剩下的钥匙，好像拿走的是她的奖杯一样。我们走进这个巨大的房间，看到里面零星地摆放着几张桌子，桌子周围有四五把椅子，就像餐馆里那样。靠着墙有许多锁着的壁柜和书架，在一个角落里我还看到了洗碗池。

接下来的一幕让我们目瞪口呆。在左墙上还有一扇门，显然那是另一个房间，而且也是锁着的。门上有一个小牌子，上面写着：舍弃的记忆博物馆。奇怪，真是太奇怪了！

"快来看，迪米特里！我终于知道最初剩下的四把钥匙的用途了，它们是这些壁柜的钥匙！"

泰莎把壁柜所有的灰色双开门都打开，观察里面的收纳品。第一个壁柜里有绘画、缝纫制品、泥塑、镶嵌瓷砖、各种素描图，以及其他我叫不上名字的艺术品。对泰莎来说，这些艺术品组成了她梦想中的天堂。我就站在她身边，能清楚地看到她的眼睛里好像有星星在闪烁，而她的嘴角已经咧到了耳根。当然，我也一样，我也非常喜欢这些艺术品。

第二个壁柜里有许多乐器，以及一大摞乐谱。这些乐器包括几把吉他，两把小提琴，一些打击乐器，一些拇指琴，一个样子奇怪的、连接着一根吹气管的键盘，几只口琴，一把萨克斯，一把小号……还有一些我看不太清楚！反正，这些乐器足够组建一支真正的管弦乐队了！

第三个壁柜里放着一台老旧的投影仪，以及数十部……不对，应该是上百部电影录像带。我又在天花板上发现了一块可伸缩的白布，这就是用来看电影的幕布。

第四个壁柜里的物品基本上是第一个和第二个壁柜里物品种类的总合。除此之外，壁柜里还装着许多可以做装饰球用的毛线团和圆形纸球。

"这个地方太好了！"泰莎说，"简直是个休闲天堂！这里也许是给特殊孩子打造的假期营地？比如，那些感染了外星球疾病的孩子，被定义为国防机密的孩子？"

"你的故事编得越来越精彩了。"我说。

"可是有个很大的疑问。"泰莎举起挂钥匙的铁圈，"我们一把钥匙也没有了，还剩下五扇房门没有打开。"

去哪里找这些钥匙呢？我拿出记事本开始画三楼的平面图，但思绪已飘向远方，这通常表示有一些好主意出现在了我的脑子里。

羽毛球和意大利面

下楼的时候，我的思绪像一片片拼图在旋转——这个比喻真的很恰当，因为每个房间都像一块拼图——突然，我有了重要发现，我知道该去哪里找其他钥匙了！

跟平时一样，泰莎在我前面两三米的地方走着，所以我无法立刻把这个绝妙的想法告诉她。泰莎现在已经走到花园里，来到妈妈身边，我只好加快脚步走向花园。不可否认，"慢半拍的迪米火车"这个绰号真的很适合我。

"……我们给其中一台机器通了电，想看看有什么发现，然后……"泰莎正在将我们的发现一五一十地告诉妈妈，而妈妈一点儿也不吃惊。当泰莎提到乐器及艺术品时，妈妈笑了；当泰莎提到"舍弃的记忆博物馆"时，妈妈的脸上流露出一丝伤感。我很确定，妈妈知道在这栋老房子里发生的事情，于是我们问了她很多问题 —— 确切地说，是妹妹泰莎问了她很多问题——希望能得到更多的答案。

"谁在这些房间居住过，是一些孩子吗？"泰莎问道。

"不全是。"妈妈含糊其词地说，"厄斯塔什舅外祖父接待各个年龄的访客，有老人、孩子、中年人……他们一般会在这里待三个星期。是那些桌游和艺术品让你觉得来这里的只有孩子吗？可你知道吗，任何年龄的人都可以有想象力，都能玩游戏，这是很重要的。"

"是的，我知道！"泰莎说，"不仅是桌游和艺术品，还有那张照片……"

我从记事本里抽出那张黑白照片递给妈妈。她睁大眼睛，脸上露出一半欢喜、一半震惊的表情，这使得她的目光有些滑稽。可是，我们能看出来，她的眼睛有些湿润了。

"这是我小时候！"妈妈说，"是我第一次不用辅助轮骑自行车的那天！"

"可是……是你吗？"泰莎高兴地叫道。

妈妈点点头。

"什么？照片上的小女孩儿是你？"我又比泰莎的反应慢了半拍，即使我心里已经有了答案。

"是的，我说过，我小时候在这栋老房子里住过很长一段时间。这个男人是吉尔，他是这里的寄宿者。他用了两个星期帮我找到平衡，然后我学会了不用辅助轮骑自行车。我的家里没有自行车，所以我学骑自行车的时间稍微晚了一些，那时候我已经六岁半了！"

"可是……你小时候没有彩色照片吗？"泰莎非常惊讶地问道，"我们以为这是曾外祖母的老照片呢！"

"不，我小时候当然有彩色照片了。"妈妈回答，

"这种黑白照片在我小时候已经不多见了，但厄斯塔什舅外祖父不愿意放弃他的老相机。我们都想说服他换一台能拍彩色照片的相机，可他只是用自己的老相机改造了一台，而且他还坚持自己冲洗照片！"

妈妈回忆起这些幸福时光，脸上露出自然的笑容。泰莎趁这个美好的时机提出了我们心中最大的疑问："可是，那些机器有什么用呢？那些人为什么寄宿在这栋老房子里？"

"我不知道该怎么告诉你们，"妈妈回答，她看起来有点儿尴尬，"我不喜欢厄斯塔什舅外祖父因为这些事情给别人留下的印象。这不重要……"

"什么？不，这很重要！你不能不告诉我们！"

妈妈脸上的笑容消失了，神情变得严肃起来，就像在出席一场葬礼。泰莎急切地想知道答案的态度让气氛陡然变得凝重起来。我在心里想嘲讽她："干得好！泰莎！"

"我不是故意保守秘密的。"妈妈说，"但是，泰莎，我不想翻出痛苦的记忆。我不能原谅厄斯塔什舅外祖父做过的一些事情，我还没有勇气把这一切都告诉你们。我们刚刚来到这里，是来度假的，可那些记忆对我来说太沉重了！请给我一些时间！"

妈妈颤抖、脆弱的声音让我不太舒服。

"好的！"泰莎轻声说，好像只要她的声音再大一点儿，就会让情况变得更糟糕，"可你让我们把所有的房门都打开，我们肯定会看到一些东西。阁楼、机器，还有那些贴着奇怪标签的液体、放满了娱乐设备的房间……我们只想知道这里发生过什么。"

泰莎咄咄逼人的态度让妈妈一改落寞的神情，她瞪了泰莎一眼。在"永不妥协家族"里，我只能试图收编妹妹泰莎……此时，我在猜测妈妈会不会发怒。

我们以妈妈的童年照片开始愉快的交谈，而现在她既紧张又震怒。在这栋老房子里，她究竟经历过什么？最终，妈妈对泰莎的问题选择了充耳不闻："你们可以尽情地使用那些桌游、手工材料和乐器。现在过来吧，我有东西要给你们看一看。"

我用眼神制止了泰莎准备说出口的"停！别想随意打发我们！"希望她能明白我的想法。只见泰莎叹了口气，随后我们跟上了妈妈的脚步。

此时，在妈妈的努力下，花园完全变了样子。草坪被修剪一新，现在我们能看到在花园一角生长着黑莓树和覆盆子树。就像变魔术一样，原来的荆棘丛中还出现了一个木质儿童转椅和几个足球球门。

妈妈的神情看起来放松多了。她带我们来到房子的另一边，我们从未来过这里。这里有一个小木屋，门上没有锁，只有一个插销——太棒了！——这个小木屋也许是厄斯塔什曾舅外祖父建造的。

小木屋里是夯土地面，还有锯木屑的气味，我很喜欢这种气味。我仔细观察了小木屋里的箱子和置物架。箱子里和置物架上堆满了球拍、球网、球杆、小拱门、大小不一的球，以及空竹、杂耍棒、彩带、钓鱼竿……东西多得数不清。

"哇！"看到小木屋里的东西，泰莎欢呼起来。

"我简直不敢相信这些仍是完好无损的！"妈妈说，"你们想不想先打一局羽毛球再去吃饭？"

我们当然想！而且太阳出来了，温度舒适，空气中还有刚刚割过的青草的香气。一时间，我忘记了自己对这个地方的"一千零一问"。我想到两个星期的时间还不够我们把这里的东西全部玩一遍；我想到尚特卢布的女孩儿达芙妮下午要过来，她肯定会大吃一惊的！当然，这取决于我们给她看什么。

说真的，我不知道我们应该把这栋老房子的哪些信息告诉她。我必须承认，我寄希望于泰莎，她肯定比我能更快地做出决定。

到了中午，我和泰莎汗流浃背地放下羽毛球球拍。回到房间，我们收到爸爸报平安的电子邮件，立即进行了回复。我用妈妈的手机拍下我画的每层楼的平面图，然后在电子邮件的附件里发给爸爸。在邮件里，我们向爸爸讲述了在这栋老房子里的所有发现。

我们写电子邮件的时候，妈妈正在做意大利肉酱面。她用的不是普通的长面条儿，而是一种名为"天使发丝"的细面条儿，那味道真是太棒了！

我在吃意大利肉酱面的时候，脑子里蹦出个挺无聊的问题，我因此陷入了思考中：为什么面条儿的形状不同，味道就会不同呢？

达芙妮来找我们的时候已经是下午一点半了，我还在思考这个问题，以至于忘记告诉泰莎应该去哪里找缺失的钥匙了。

"我们带你参观一下吧！"泰莎向我们的客人说道，"希望你没有心脏病，因为这里有许多让人惊掉下巴的东西。这一切简直太疯狂了！"

配料清单

　　我们领着达芙妮参观这栋老房子，用了很长时间才让她浏览完已经打开的每个房间。她难以置信地看着眼前的一切，眼睛越瞪越大。

　　妈妈偶尔出现在我们身边，听我们给达芙妮讲解。她什么也没说，似乎不反对我们继续四处看看。直到有一刻，她对我们说："也许你们还会让我了解更多关于这栋老房子的故事呢！"说完，她就去继续清理堆积在客厅家具里的杂物了。

　　我们向达芙妮展示了一台机器的运作过程，而达芙妮更想闻一闻玻璃瓶里的液体，以便确定液体有没有气味。她对装有液体的玻璃瓶是那么好奇，简直到了爱不释手的地步。不过，在我和泰莎的坚持下，她还是将玻璃瓶都放回了原位。我们都不知道玻璃瓶里到底是什么，那些液体究竟有什么用途。

起初，达芙妮还想带走一个装有液体的玻璃瓶，她的行为简直比泰莎还冒失……后来，她告诉了我们一些关于这座庄园的传言，还问了许多细节性的问题，态度很认真，因此我们怀疑她昨天向我们隐瞒了什么。于是，泰莎开始旁敲侧击，想弄明白达芙妮的真实目的。

"是的！"我们的客人脸微微红了，"的确有一些关于'特别的东西'的传言，也许是倒入机器里的液体？"

"所以，你才对装有液体的玻璃瓶那么在意！"泰莎大声说，"那么，传言到底是什么？"泰莎眯着眼，微微透出不悦的神情。

"这附近的人都说……"达芙妮说话有些犹豫，"住在这里的人发明了一种能让人长生不老的精华。"

泰莎和我都大笑起来。

"你不会当真了吧？"泰莎问她。

"当然不！是你们想知道那些传言的！"

"你为什么想带走一瓶液体？"

"它多多少少都有一些治疗效果吧！听说从这里离开的人都比以前健康多了。"

"那么，"泰莎惊讶地问，"你生病了？"

"没有！"达芙妮有些生气，"我只是想看看玻璃瓶里装的到底是什么。"

她生气的程度至少跟今天早晨妈妈生气的程度一样。看来，今天真不是个好日子！我思考着达芙妮的话，如果她的话有一部分是真的，那就意味着这座庄园曾经真的像医院一样？我们沉默了许久，如果不是泰莎先发出声音，气氛就会变得非常尴尬。

"你已经把这栋老房子全都浏览了一遍。现在天气很好，我们去花园转转吧！"

尽管达芙妮对我们隐瞒了一些传言，但泰莎已不再责怪她了。不过，我总是比泰莎需要更多时间去化解某件事情带来的不适感。我用怀疑的目光观察达芙妮。事实上，她非常热情。我们把庄园里里外外参观了一遍，在这个过程中，我们三个说说笑笑，非常开心。

但是，达芙妮除了拥有超乎寻常的好奇心，还有我在昨天就发现的悲伤或忧郁的情绪。不过，这些情绪只有在我们安静下来或无所事事的时候才表现出来。厄斯塔什曾舅外祖父的庄园肯定隐藏着某些秘密，而我也开始怀疑达芙妮同样有秘密。

我们来到花园里，坐在草地上铺着的床单上。我把自己的记事本递给达芙妮。她听说我们发现了一张妈妈小时候骑自行车的照片，于是想看一眼。当她打开记事本，翻看着我画的平面图时——我画得非常好——我终于把自己的想法告诉了泰莎："我仔细分析了现在的情况，知道去哪儿能找到缺失的钥匙了。"

泰莎和达芙妮都紧盯着我，急切地想了解我的想法。这让我有些局促不安，于是我赶紧告诉她们："那些房间都被翻找过了吗？其实还有几个房间，我们并没有仔细翻找过。"

"浴室和卫生间！"泰莎突然高喊道。

"不是的，小笨蛋……钥匙怎么会被放在那些地方。我说的是厨房和客厅！"

"啊，对，是的！"泰莎点点头说。

泰莎像是想起了什么，随即提醒我："可是，我们已经在厨房逗留过很久了，妈妈也把壁橱都整理了一遍。如果真的有钥匙，我们早该找到了。我认为现在的主要目标是客厅。"

泰莎看起来有点儿失望，因为她忽略了那些显而易见的地方。但是，她很快又恢复成精神百倍的样子。在回老房子之前，我想拿回自己的记事本，却看到达芙妮一动不动地盯着记事本上的一页纸。那页纸上记录的正是玻璃瓶上的配料清单。

"怎么，我抄错了吗？"我问她。

"没有，但我觉得好像有点儿问题。"达芙妮回答。

泰莎和我凑过去仔细看了看那页纸上的配料清单。

"这些配料的确很奇怪。"泰莎说。

"我知道了！"达芙妮高喊道，"是氨！"

达芙妮先是察觉出配料清单有问题，然后花了一点儿时间进行分析，最后得出了结论。这样的过程也经常发生在我身上。现在达芙妮成了我们的焦点，可事实上，泰莎和我完全不知道她在说什么……

"我养了一只猫，我妈妈总是说猫尿有氨的气味，所以我很熟悉这种气味。氨的气味很重，甚至让人觉得有点儿恶心。我妈妈还说，我们没办法去除这种气味，它可以持续许多年。"

"是的，"泰莎说，"我们在表兄家也闻到过猫尿味。因为猫尿味令人难以忍受，他们还扔掉了一个沙发靠枕。"

"因此……如果这种气味一直消散不掉，"达芙妮接着说，"那么玻璃瓶里的液体就不会没有任何气味。薄荷酒精也是同样的道理，我想它的气味也很浓。但是，现在薄荷酒精的气味消散了，氨的气味也消散了，这是很奇怪的，不是吗？"

"对，我想起来了。"我又慢了半拍，"表兄家的小猫！"

"也就是说，这里面的液体成分跟标签上的配料清单不一致，是吗？"泰莎问道。

"或者说，配料清单是假的！"达芙妮提出另一种假设，"不管怎么说，这张配料清单很奇怪，比如'海索草灵药'，我从来没有听说过这是什么东西！"

"是的，你说得对！"泰莎和我表示赞同。

我拿过记事本，将它放到床单中央，以便让我们看得更仔细。

薄荷酒精
（Alcool de menthe ）
黑葡萄汁
（Moût de raisin noir）
牡蛎的珍珠层
（Nacre d'huître ）
海索草灵药
（Élixir d'hysope）
甜菜糖
（Sucre de jeune betterave）
碘化钾
（Iodure de potassium）
氨
（Ammoniac）

"玻璃瓶里的液体既没有颜色也没有气味，"我点评道，"再看看这张配料清单，上面的配料成分完全不合逻辑。"

如果这些不是液体的配料成分，那么标签上写这些有什么用呢？"泰莎思索着说。

"我妈妈总是说，你们的曾舅外祖父是那种化简为繁的人。"达芙妮直白地说，"这也许是个需要被破解的密码？"

我觉得达芙妮真的很聪明。我们把配料清单看了一遍又一遍，对它进行分解、组合……是的，分解、组合！突然，我的脑子里灵光乍现。假如从另一个角度看这张配料清单……为什么我没有早点儿发现呢？我拿出笔圈出每一行的第一个字母。

消除记忆水

（A—M—N—É—S—I—A）

"这太像一个词组了，绝不是巧合！"我笃定地说。

"是的，这应该就是玻璃瓶里液体的名字。"达芙妮猜测道，"'消除记忆水'。"

我让脑子快速运转起来。

"'消除记忆'也就是抹去记忆。"我总结道，"也许这是一种……能抹去人们记忆的药水？"

"太可怕了！"泰莎大叫起来，"也许厄斯塔什曾舅外祖父能让他的病人忘记自己的过去，从而让他们为他效劳……也许他也消除了妈妈的记忆，所以妈妈才说不能提起在这里发生过的事情！因为她什么都不记得了！"

我打了个冷战。

"篡改记忆！"我又换了个说法，"这的确像一个'疯狂科学家'做的事情。我们必须知道厄斯塔什曾舅外祖父到底干了什么。"

"总之，真相跟那个'舍弃的记忆博物馆'是有关联的。"泰莎说。

"也许我们的发现只是发生在这栋老房子里的一部分事实。传言说，在这座庄园里，连那些最难医治的病都可以被治好，即使是鼠疫。"达芙妮告诉我们。看起来，她对我们的发现不是很满意。

"你相信吗？"我问她。

"不，不，我只是告诉你们那些传言……"

"鼠疫没有发生在厄斯塔什曾舅外祖父生活的年代！"我想了想，然后用肯定的语气对她的说法做出回应。

"我们必须进入'舍弃的记忆博物馆'看一看！"泰莎显得很激动，完全不在意我提到的历史背景，"我们还要打开那些仍被锁着的房门！"

"那么我们就得在客厅里找一找了。"我说，"不光是为了找钥匙，我们还要注意各种线索，就是那些能够告诉我们厄斯塔什曾舅外祖父到底是谁，以及他在这里做过哪些事情的线索。"

泰莎和达芙妮都点了点头。我很高兴自己能够及时表达意见，"迪米火车"终于没有慢半拍！

事情有进展了

　　从决定打开这栋老房子里所有被锁着的门、探索隐藏的秘密开始，我和泰莎大多数时间都在楼上忙碌着，但现在我们要从一楼重新开始探秘之旅了。

　　我发现一楼的厨房比阁楼和那个放满乐器、艺术品的房间都大。更夸张的是，一楼的客厅简直巨大无比。客厅的一部分被当作餐厅，那里有一张很长的桌子，周围放着长凳；另一部分则被布置得很温馨，那里有四个沙发，它们围绕着一个矮桌。就在沙发旁边，放着我第一天走进客厅时就注意到的占据整面墙的大书柜，上面摆满了书。客厅里还有餐柜、置物架、单人沙发……整个客厅塞满了东西——也许正因为如此，起初我才没有发现它的面积是如此巨大——里面还有一些庸俗、过时的装饰，比如猫头鹰状的木质晾衣夹子，或者一个用闪闪发亮的珊瑚粘成的雕塑。

妈妈在客厅的时候，泰莎、达芙妮和我都不敢碰那些东西。想到她可能受到"消除记忆水"的影响，我们不由得对她产生了戒备心。她到底知道哪些真相？她认为自己知道哪些真相？厄斯塔什曾舅外祖父能用假的记忆替换真的记忆吗？这些想法也许有点儿过激，但我们更愿意通过努力弄清楚在这栋老房子里到底发生过什么。另外，我们不打算告诉妈妈，我们已经破解了玻璃瓶上配料清单的秘密。

妈妈正在清理客厅的壁柜，她将壁柜里的东西全堆放在餐桌上，以便决定哪些可以留下，哪些可以送给某个协会，哪些可以直接扔掉。我快速检查了那些东西，看看有没有重要的线索被妈妈不知情的双手扔掉，但没有任何特别的东西能引起我的注意。

"简直太乱了！"妈妈说，"我没有多余的垃圾袋，也没有足够的箱子为这些东西分类。我要赶紧去城里买点儿东西，你们留在这里没问题吧？"

"没问题！"我和泰莎异口同声地说。

再也没有比这更好的机会了！我们可以趁妈妈不在的时候，无所顾忌地在客厅里翻找！

"待会儿见！"泰莎站在门口，对妈妈一边挥手，一边说。妈妈沿着草坪上蜿蜒的小路，渐渐走远了。

泰莎转过身面对我和达芙妮，精神百倍地说："开始啦，我的迪米特里！"

我们没有浪费时间，马上把客厅细细地浏览了一遍。我仔细观察了书柜上所有的书，找出内容与记忆相关的，但那些都不是科学资料，只是小说而已，其中一些是给成年人看的，一些是给青少年看的。我挑出所有我感兴趣的小说，它们很快就堆满了客厅的桌子。

"不要偷懒！"泰莎批评我，"离那些书远点儿，要是被妈妈发现就糟了！我来负责检查那些书吧！"

"哦……"我一边小声哼哼，一边走到餐柜边。

我开始翻找抽屉，在各种文件和纸张中找到了几个开瓶器和几盒文件固定爪……厄斯塔什曾舅外祖父真是个不爱整理房间的人！这里散落着几节电池，那里乱放着几个手电筒（它们竟然还能用）。我用余光看见泰莎的手指划过一排排书脊，并抽出了一些书。她也没能抗拒书的诱惑，不一会儿就在桌子上堆起一摞自己感兴趣的书——因为书柜上有许多看起来很不错的漫画书和带插图的小说。

我当然不会放过调侃泰莎的机会！是谁说我偷懒？现在又是谁在跟我做着同样的事情？我悄悄地靠近她，准备大喊一声"你只会批评我"，让她吓一大跳，不料达芙妮这时高声喊道："你们快来看看我找到了什么！"

这下，泰莎倒很平静，我反而被吓了一跳。达芙妮的声音让我像触电般打了个寒战。可以想象一下这个滑稽的场景：两个女孩儿在客厅另一边的餐厅里哈哈大笑，我却在客厅这一边不知所措……

"我不知道这块布为什么会吸引我的注意，但我发现它只是被钉住了上面的两个角，所以这块布能够被掀起来。"达芙妮兴奋地对我们说。

她指了指挂在墙上的一小块没有边框的绣毯。绣毯上的图案中有一只孔雀，金色的绣线绣出了孔雀的每一根羽毛。

达芙妮真的太聪明了！

这时，泰莎掀起绣毯，转过身对我露出灿烂的笑容。"事情有进展了！"她兴奋地说。

原来，在绣毯的后面，一个小小的金属保险箱嵌在墙里。保险箱的门上没有钥匙锁，但有一个带四个金属旋钮的密码锁。

我仔细观察密码锁："你们看见了吗，密码锁的旋钮上不是数字，而是字母！"

"这肯定是厄斯塔什曾舅外祖父的发明。"泰莎说。

"密码肯定是一个有四个字母的单词。你们对厄斯塔什曾舅外祖父了解多少？"达芙妮一边说，一边用疑惑的眼神看着我们。

"一点儿也不了解……"泰莎失落地说。

"又回到刚才的话题了，"我说，"我们必须找到一些有关厄斯塔什曾舅外祖父的信息。"

泰莎和达芙妮点点头。眼下，调查刚刚迈出一小步，不过我们至少已经知道该往哪个方向努力了，而且我们确定这个保险箱就是关键信息，它能帮助我们继续调查下去。

我回到餐柜边，打开上面的门。我以为这里放的都是餐具，但我错了！里面全是拼图，各种各样的拼图。只有最右边的一个角落里放着三本标出顺序的相册，它们似乎是悄悄地躲进了这个餐柜里。我坐在沙发上浏览相册里的照片。前两本相册里的照片都是黑白的，这些相册可有些年头了。我叫来泰莎，想听听她的意见，因为照片里频繁出现的一位女士很像我们的曾外祖母。我们没有见过她，但妈妈经常给我们看她的照片。

"如果真的是她，那么她那时还很年轻啊！"泰莎大叫道。

我又拿起一本相册，达芙妮也过来和我们一起看里面的照片。我们可以很清楚地看到一个七八岁的小女孩儿，她长着深棕色的头发，几乎出现在每张照片上。我拿出记事本里的照片来对比。即便在照片上，小女孩儿的头是转过去的，我们仍可以看出来那是妈妈。如果仔细看会发现，妈妈童年时的脸部线条和现在没有太大区别。照片上还有其他孩子、大人或风景。这些人是谁？

我们家可不是一个大家族，厄斯塔什曾舅外祖父是曾外祖母唯一的兄弟，而且没有后代。曾外祖母有三个孩子，老大年轻时就去了美国，与我们也不常联系。曾外祖母的其他两个女儿各有一个孩子，也就是妈妈和她的表兄。

在最后一本相册中有一些彩色照片，用的仍是小正方形的厚相纸。在相册的每一页中都有妈妈的照片，从少年到青年。

"你们的妈妈对他来说很重要呢！"达芙妮说，"她的名字是什么？是不是四个字母组成的？"

"玛德琳娜……"泰莎回答。

"唉，不对。"

"厄斯塔什曾舅外祖父好像跟曾外祖母的关系也

很好哇！"我指出来，"妈妈说过，她有时称呼曾外祖母为'嬷嬷'，'嬷嬷'就是四个音节。"

"可是，厄斯塔什曾舅外祖父不会这么称呼她。不过，我们还是可以试一试。"

我们走近隐藏在绣毯后面的保险箱，转动了金属旋钮，让上面的小箭头指向四个字母，但我们不确定是否会成功。

M A M E

（嬷嬷）

保险箱没有变化。

"你们的曾外祖母的名字呢？"达芙妮问道。

"约瑟芬……"泰莎叹了口气。

我们还在继续思考，妈妈已经买东西回来了，还招呼我们去吃点心。我们觉得这栋老房子里藏了这么多游戏，如果不利用起来真是太遗憾了，于是决定明天下午再继续调查，大家也可以休息一下。就这样，在这天剩下的时间里，我们一起踢了足球，玩了杂耍，还一起画画和玩桌游。

达芙妮的情绪一直在开心和沮丧之间转换，这让我感到很奇怪。她和我们一起大笑，但她的笑容很快就会消失。而且只要有片刻的沉默、片刻的停顿，我就会看见她目光放空、神色暗淡的模样。

整个下午，我都没敢问达芙妮到底有什么心事。这样的事情都是泰莎来做，她会有分寸地与别人沟通。可是，泰莎似乎也不敢问达芙妮。凭我对泰莎的了解，我认为她发现了我们这位新朋友的悲伤。她为什么没有尝试去了解我们这位新朋友隐藏的心事？这个假期真是越来越奇怪了。

失 眠

"迪米特里？你睡着了吗？"泰莎问我。

没有，我没有睡着。泰莎和我，各自像烙饼一样，在卧室的双人床上翻来覆去至少一个小时了。

"迪米特里？你睡着了吗？"见我没有回答，泰莎再次问道。

"没有。我在想达芙妮。"

"呜呜呜呼！"泰莎立刻吹起了口哨儿。

"不是，不是你想的那样！唉……"

"那是怎样呢？"

"我觉得她很悲伤。你没有发现吗？我觉得她对我们隐瞒了什么。"

"说得好，华生医生，但作为夏洛克·福尔摩斯，我已经全都知道了。"

"什么？你全都知道了？她隐瞒了什么？"

我又成了"慢半拍的迪米火车"，达芙妮和泰莎肯定私下交谈过了。

"她没有告诉我具体的事情。"泰莎回答，"她只是说家里有人生病住院了，这让她有点儿难过和担忧。但是，她不愿意告诉我是谁生病了，而且她不想再讨论这个话题，所以我们最好别再问她了。"

"你觉得是不是这个原因，她才想拿走一瓶神秘药水？"

"是的。但她也承认了，如果瓶子里的药水只与记忆有关，对她来说就没有用了。我怀疑她还是相信那个'长生不老精华'的传说。明天下午她还会来找我们，我们可以看看她会不会偷偷测试那些机器！"

"你真无聊……"我撇撇嘴说。

随后，我把泰莎提供的信息收录到脑子里，存放在"稍后再分析的数据"角落里，用胳膊肘儿撑起身子。

"还有其他一些事情让我睡不着。"我对泰莎说，"你也是，对吗？关于妈妈提议的明天早晨要做的事情。"

"是的……"泰莎叹了口气。

吃晚饭的时候，妈妈把明天的安排告诉了我们。她说，她买了很多垃圾袋，准备清理阁楼，把里面的东西都处理掉。

"看起来阁楼里所有的东西都得扔掉！"妈妈向我们郑重宣布。

其实，从调查有所进展以来，我们还没有回到阁楼再次翻找过，所以妈妈的话让我和泰莎都不禁怀疑，那里是否还有重要的，甚至决定性的线索。我们本以为有机会再回阁楼，却没有考虑到妈妈这个因素……

"那是厄斯塔什曾舅外祖父的工作间。"沉默许久之后，我说，"他应该在那里度过了不少时间，我们肯定忽略了什么。也许保险箱的密码就在那里，在我们眼前出现过。"

"无论如何我们都必须再去那里一趟，在妈妈以

'魔鬼终结者'的方式毁掉一切之前。"泰莎说。

"在客厅的一个抽屉里，我看见了几个手电筒……我们现在就去吧，你觉得怎么样？"我提议道。

"当然要试试！"

泰莎总是能迅速做出决定。我尽力控制自己的紧张情绪，然后跟泰莎轻手轻脚地来到走廊上。老房子里安静而沉寂，我们要先确定妈妈是否睡着了：她的卧室的门缝里没有透出丝毫光亮，看来灯已经关了；我们竖起耳朵想隔着门捕捉她的呼吸声，但显然我们没有超人般的听力。

"走吧！"泰莎小声说。

很幸运，在我打开装着手电筒的抽屉时没有发出声响。而且，客厅的地上铺的是瓷砖，所以我们能像老鼠那样悄悄行走，不引人注意。一切都很顺利。尽管手电筒的电量已经耗完了，但我知道在哪里能找到新电池。一分钟后，我和泰莎各自拿了一个能正常使用的手电筒。

然后，我们站在楼梯前。

怎样才能在上楼时不让楼梯发出声响呢？我和泰

莎应该分开行动，还是一起行动？脚尖点地，还是尽可能平放整个脚掌？一步上两级台阶，从而减少一半的杂音，还是只踩台阶的边缘？利用楼梯扶手，还是万万不可碰它？各种想法在我的脑子里搅成一团。

泰莎没有浪费时间去思考这些问题。她轻轻地把脚放到第一级台阶上，随即我们就听到了噼啪声。尽管只是轻微的声响，也足以让我们身体僵硬地盯着妈妈的卧室。

不过，什么都没有发生。

"呼……"泰莎轻轻喘了口气，"我们没有选择，只能尽量少发出声响。跟我一起来吧，也好节省点儿时间！"

这也正是我的想法。不过，我还想考虑一下其他可能，但……

"快来呀！别磨磨蹭蹭的！"泰莎压低声音呼喊我。

我从来没感觉上楼梯是这么漫长的过程——哪怕是攀登巴黎的蒙马特高地也没感觉很漫长——而且让我流了这么多汗……此时，泰莎已经消失在二楼的走廊里。可是，就在我的脚踏上最后一级台阶时，楼梯发出一声巨响。

我听到开门的声音！我的血液凝固了！

"迪米特里，是你吗？"妈妈的声音传过来。

我转过身面对她，同时将手电筒藏到身后。神灵保佑！我们当时没有打开手电筒，而是借着昏暗的月光上楼！

"是的，我想去卫生间……"我找了个借口。

"为什么不去一楼的卫生间？"

"呃，我喜欢透过楼上那个卫生间的小窗户看外面的风景……"

"啊？别整晚看外面的月亮和星星了！已经凌晨一点了！快去吧，晚安，亲爱的！"

即兴表演！刚刚的即兴表演是我有生以来的第一次！尽管我胡说八道了一番，但还是很为自己骄傲。妈妈回去睡觉了，我走向躲在不远处的泰莎。

"深更半夜看风景？"泰莎不屑地说，"我真不明白妈妈怎么会相信你，太不可思议了……"

是的，我很幸运！妈妈睡得迷迷糊糊的，哪里顾得上分析我说的话是否合理。我快步上了三楼，这段楼梯发出的声响更大，但这里已经离妈妈的卧室很远了，所以没有再出问题。

我们很快来到阁楼。白色的月光从天窗透下来，我们在阁楼里不停地翻找，翻找，翻找，而且不能让任何东西掉在地上。在手电筒光线的照射下，阁楼里的一个个区域重新展现在我们面前，它们仍是几天前的样子。白天这里的气氛就已经很奇怪了，晚上的气氛更加令人窒息。我甚至认为，我们随时会看到一些发狂的机器人从壁柜里走出来，或者看到幽灵从天花板上掉下来。

"看！"泰莎叫住我，"那天我就看到这个木头正方体了，但没有在意。你觉得这是个隐藏的开启系统吗？"

"给我看看。"

木头正方体用平滑的小木板组装得严丝合缝，我们没有办法把它打开。如果这不是个盒子，那么它是干什么用的呢？

"这也许只是个镇纸？"在一阵无效的思考后，

我提出自己的假设。

"你把它拿起来摇了摇吗？"

"没有。"

随后，我把木头正方体拿起来摇了摇，立刻察觉到内部有轻微的响动。"嗯，这是个盒子。"我告诉泰莎。

"我们不能把它砸开，那会搞出太大的动静。"泰莎说。

"等等，我想起一件事。"

我想起第一次来到阁楼时，我在一个记事本里看到了一幅铅笔图，画的就是一个有奇怪系统的正方体。我努力回想记事本被放在了哪里。我不太确定，但还是向着阁楼的一个角落走去，并在一摞书本里翻找起来。泰莎走过来用她的手电筒为我照明。在我快速翻过的那些纸张上有一些素描图和密密麻麻的文字。上次看到那些素描图，我们都没有想过它们究竟是什么，但今晚我们看出来了，那些素描图其实是大脑的结构图，以及机器齿轮的平面图。我们还发现，有一个记事本里详细记录着一些化学成分。"消除记忆水"的真正配方应该就在这里面，它跟贴在玻璃瓶上的假配料清单完全不同，毕竟玻璃瓶上的假配料清单只是厄斯塔什曾舅外祖父的障眼法，是用来掩盖"消除记忆水"的真实化学成分的。

　　终于，我找到了那个记事本，里面画有隐藏打开方式的、像盒子一样的正方体素描图。素描图上的一些箭头标示出应该如何打开正方体——必须将正方体的一个侧面移开。泰莎马上按照图示在木盒子上进行操作，很快我就听到从她指尖传来的扣子松开的声音。

　　"来看看这里面藏了什么。"她一边说着，一边打开一个松动的侧面。

艰难的早晨

第二天我醒来时，头疼得厉害。泰莎已经起来了，只剩我一个人躺在床上。我睡眼惺忪地看了看表：上午十一点。前一晚，当我们重新回到卧室睡觉时，我以为自己会失眠。然而，当我终于入睡后，一个接一个的噩梦无休止地侵扰着我。我想，即使整晚失眠也不会比接连不断的噩梦更糟糕。

已经很晚了，我必须起床。我需要用冷水洗把脸，可要去浴室就必须路过客厅和厨房，妈妈和泰莎也许正在那边呢。我不太想让妈妈看见我僵尸般的面容，或者说我根本不想遇到妈妈。楼上也有浴室，但经过这奇怪的一夜，特别是有了这么多恐怖的发现以后，我一点儿也不想上楼。

我按了按太阳穴，鼓起勇气起了床。客厅里只有泰莎，她的状态也不好，或者说心情不好。她还在吃早饭，妈妈的笔记本电脑就在她旁边，屏幕上显示着电子邮件列表。

"爸爸还没回复电子邮件。"我在心里说。这时，妈妈从阁楼上下来，看到我们正百无聊赖地嚼着抹了黄油的面包片。泰莎和我都一言不发，如果非要让我们说些什么，也许我们会哭得不能自已。

"你们的朋友下午来吗？如果她还来，你们得去洗漱和换衣服了！"妈妈催促我们。

此刻，妈妈的好心情和我们沉郁的脸色形成鲜明对比。是妈妈坚持来这里度假的，她说她需要乡村的空气，这对她有好处。

妈妈的愿望达成了。我觉得她的气色的确光彩照人，要知道她以前是很讨厌收拾房间的，但在这里，这些似乎都不是问题。对妈妈来说，分类处理这里无尽的杂物，应该就是在打扫她记忆里的尘埃，还可以重新闻到记忆中的香味。自从这个夜晚过去后，对于哪些事情能使妈妈脸上露出笑容，我已经有了确切的想法。我观察她的面容，同时想象着十年或十五年前，这张脸配上长发的模样。我曾想发泄我的愤怒，将我们的发现扔到妈妈面前，让她给我们解释。但是，我和泰莎仔细考虑过了，决定等到合适的时机再爆出家庭的秘密。我们还会在老房子里继续翻找，也许会发掘出所有真相，那样我们就可以把一切都摆到妈妈面前，让她再也不能撒谎，她也就没有机会用"我不想说，我还没有准备好"来逃避了。泰莎还在小声抱怨着，但妈妈没有注意我们的脸色，而是转身忙别的去了。

我们一直待在客厅里，直到达芙妮来找我们。说实话，她的到来让我们稍微松了口气。

"我们去柳树那边吧。"泰莎提议，然后把一条床单搭在肩上。

花园的尽头有一条小溪，旁边长着柳树。这里有树荫遮蔽，非常阴凉、舒适，而且离老房子也足够远。

我们在这里能随心所欲地交谈，不必担心有人偷听。

我们刚坐下来，泰莎就开始说话了："昨晚我们有了个可怕的发现，达芙妮。"泰莎说话有点儿结结巴巴的，"你把我们的发现给她看看，迪米特里。"

我拿出记事本，里面夹着我们的战利品，那是十几张黑白照片。达芙妮睁大眼睛看第一张照片：照片上，一对男女紧紧依偎在一起，怀里抱着一个婴儿，也许这张照片是在妇产医院拍的。达芙妮抬起头仔细观察我和泰莎的脸部线条。

"这个婴儿是你们当中的谁？"她问，"这个年轻的女人是你们的妈妈，对吗？她们简直一模一样！"

"是的。"泰莎说，"但我们不认识这个男人。他跟我们的爸爸完全不同……"

"你想说……你们认为自己不是爸爸的孩子？"达芙妮的表情显得很惊讶。

"不，不是的。"我回答，"你看看后面的几张照片。"

一张张照片在达芙妮手中滑过。我们可以看到，在妈妈和这个男人的陪伴下，他们的孩子在一天天长大。最后这张照片上有一个两三岁的小女孩儿。达芙妮的目光在泰莎和照片上这个小女孩儿之间逡巡，看起来困惑不已。

"这不是我。"泰莎说，"我看过自己小时候的照片，跟她一点儿也不像！而且她是棕色头发，我是金色头发，更不用说我们对这个地方完全没有印象。迪米特里比我年龄大，如果我们来过这个地方，他应该有印象的。"

"我们只想到一种可能。"我叹了口气说。

"妈妈应该还有一个家庭，她没有告诉我们。在其他地方，我们还有个同母异父的姐姐，妈妈一直在对我们撒谎。"泰莎发紧的声音让我觉得自己像挨了一刀。我讨厌看到她不开心的样子。

这时，达芙妮皱了皱眉头："你们把这些照片给你们的妈妈看了吗？她承认了吗？"

"没有，我们没有勇气问她……"

"其实你们什么也不确定！"达芙妮显得很激动，"照片上有些细节很奇怪，你们看这些人后面的背景！"

泰莎把照片摊开放在床单上，我们俯身看去。听了达芙妮的话，我们的身子不由自主地有些颤抖。我们漏掉了什么细节吗？事实上，真相没有那么恐怖？这可真是超级棒的消息！

我集中注意力观察照片的远景。这些照片都很小，而且都是黑白的，我看得不是十分清楚，所以花了点儿时间。照片上的景物都像二十世纪七十年代老电影里的场景：街上停着的老式汽车、带有怀旧花纹的地毯、有圆形拨号盘的电话，更别提那些衣物和发型了。我看过妈妈年轻时的照片，它们并不像这些照片一样显得很有年代感。在我的认知里，"古代"和"史前"还是有区别的。因此，我相信达芙妮是对的，有些东西的确值得商榷。

"我认为她不是你们的妈妈。"达芙妮以胜利者的口吻说道。

"但是……"泰莎犹豫着，"你看到这个女人有多像她吗？你觉得她是谁？"

"妈妈没有双胞胎姐妹，甚至根本没有姐妹。"我补充道。

一丝阴霾掠过达芙妮的脸庞，但仅仅一秒钟后她就振作起来了。"你们搞错了年代！我的爸爸是旧货商，我对这些旧东西很熟悉。看看这个圆桌上的老式台灯，这些照片就是二十世纪七十年代拍的，我确定！你们的妈妈在那时候不可能有二十五或三十岁！"

"我记得曾经有段时间流行复古装饰。"泰莎说，"你的观点不一定是对的。"

"你再好好看看！照片上的景物都是很老旧的！汽车、橱窗，还有这里……想想我们昨天找到的相册。最初的照片都是黑白的，后来你们的妈妈青少年时期的照片都是彩色的，那时候你们的厄斯塔什曾舅外祖父已经更新了他的设备。在有些彩色照片上，你们的妈妈比这些照片上的女人更年轻，所以要么她穿越了时空，要么照片上的女人不是她。"

我沉默了两分钟来分析这一切。达芙妮刚刚提到了她的爸爸，这是她第一次向我们透露她的生活细节，我很高兴她终于开始信任我们了。而且，我认为达芙妮的观察力很厉害——跟我一样，但思考速度更快——真的，我想更多地了解她。

我看着这些照片，看着那个很像妈妈的女人，以及我们不认识的男人和婴儿。我排除了穿越时空的说法，然后更近距离地观察照片上的小女孩儿，她似乎在照顾这两位成年人。如果达芙妮是对的，这些照片是在二十世纪七十年代拍的，那么答案就是另一个样子！妈妈出生于1976年，也就是说……

"而且，"达芙妮接着说，神情十分专注，"昨天看的那些相册中缺少一段时间的照片。我们看了你们的曾外祖母年轻时的样子，然后就是你们的妈妈七岁左右的照片，却没有发现她婴儿时期的照片，也没有……她的妈妈的照片。"

"所以，这个婴儿……是妈妈？"泰莎说，"那对男女是她的父母？"

"是的，我觉得是这样。"达芙妮回答。

"哦，达芙妮！"泰莎叫道，"你拔掉了我们心头的一根刺！"

"俗语不是这么说的……"我一边说，一边跟达芙妮对了个眼神。

"那不重要！"泰莎接着说，"重要的是，我终于放心了！妈妈确实跟我们说过，曾外祖母说她很像她的妈妈。"

"她还说过，她没有自己父母的照片。反正我们从没有看过她父母的照片。"我补充道。

"你们的厄斯塔什曾舅外祖父也许将那些照片藏了起来。如果它们被放在那种有暗锁的盒子里……"达芙妮欲言又止。

"他为什么要这么做呢？"泰莎疑惑不解。

"'消除记忆水'。"我回答，"他也许想在妈妈身上测试那个可怕的发明，让她忘记自己的父母。妈妈从来没有说起过他们，看来厄斯塔什曾舅外祖父成功了。妈妈只记得她的父母的名字，却没有与他们相关的其他记忆，而且厄斯塔什曾舅外祖父藏起了可能恢复她记忆的照片。"

"应该把照片给她看看！"达芙妮大声说。

"不！"泰莎表示反对，"我们什么也不确定，现在不能把照片交给妈妈。你们想想，如果我们给她看了这些东西，她一定又会说一些无关痛痒的话，阻止我们继续查找这栋老房子的秘密！所以，我们要做的就是继续查找，掌握更多信息。"

"但是，我们没有任何线索了，怎样才能掌握更多信息呢？"

"错了，我们还有一条线索！保险箱的四个字母的密码！我想我找到了！"泰莎得意扬扬地说。

我和达芙妮都瞪大眼睛惊讶地看着泰莎，神情中带着一丝责备。她什么时候也会制造惊喜了？

"来吧，我指给你们看。"

15

十字绣和巨大的进展

在走回老房子的路上，泰莎把早晨我还在睡觉时发生的事情告诉了我们。

"妈妈从阁楼下来拿新的清洁海绵时，我刚开始吃早饭。因为那些照片，我非常生气，不想跟她说话。所以，为了不跟妈妈说太多话，她一问我话，我就向她打听爸爸的消息。她说从昨天晚上起她就没有打开过电脑，如果我愿意的话，可以去她卧室的床头柜上打开电脑查看电子邮件。告诉你们，她还说什么'我的手上都是灰尘，因为我在收拾一大堆乱七八糟的东西，而你们还在睡觉'。我觉得妈妈真不讲理，是她非要把我们带到这个荒凉、偏僻的地方，还向我们隐瞒了那么多秘密，现在却抱怨我们不帮她干活儿！不过，如果没有这些神秘的事情，这个假期真是无聊透顶……"

"泰莎？"没等她把话说完，我喊住了她。

"嗯，怎么了？"

"你也许可以说得简洁一些，因为我们很想知道你为什么认为自己知道了密码。"

"是的，我真的等不及了！"达芙妮也随声附和。

"好的……简而言之，在喝了口热巧克力又吃了口面包后，我一边抱怨着，一边去妈妈的卧室拿电脑。因为这几天有许多发现，我保持着到处观察且不放过任何细节的习惯……就这样，我偶然看到了……"

她停顿了一下，让我们的期待变得更加迫切。达芙妮和我向我们的"悬念女王"投去具有震慑力的目光。我挥了挥手让泰莎继续说，结果我的举动让她笑了起来——达芙妮也笑了——揭露真相的时间反而更加延迟了。

"好了！"泰莎接着说，"迪米特里，你记得妈妈说过，她小时候来这里度假就是睡在这间卧室里，对吧？"这会儿我们已经回到老房子里，站在妈妈的卧室门前。

"记得。"我说。

"我发现这间卧室的墙上有些装饰是专门为她制作的，特别是一幅用十字绣制作的松鼠。那幅十字绣上留的不是她的名字，而是她的昵称！"

"她的昵称？"达芙妮重复道，没有理解这是什么意思。

"是的，她的昵称！"泰莎信心满满地说，同时招呼我和达芙妮，"快进来！"

妈妈还在阁楼里收拾那些破烂儿，所以我们有足够的时间进入她的卧室看一眼。泰莎带着我们径直走到那幅十字绣前，那上面绣着一只栖息在树枝上的松鼠，下方就是四个风格鲜明的大写字母，非常显眼。

"是的！"我兴奋地叫道，"他不叫她'玛德琳娜'，而是叫她'玛德'！"

泰莎脸上挂着笑容，就像一位帝王终于征服了全世界。我再也不能指责泰莎了，也许她已经让我们的探秘之旅迈出了一大步呢！毋庸置疑，这就是正确的密码！

"我们去试试吧！"达芙妮提议。她看起来还没有十足的把握。

几秒钟后，那几个金属旋钮在我们的指尖下开始旋转。

M A D O

（玛德）

咔嚓！

保险箱被打开了。我的心脏像擂鼓一样怦怦响着，想到马上就能看到的东西，我兴奋异常。当保险箱的门被拉开的瞬间，我们都屏住了呼吸。

"又是钥匙！"泰莎叫道，神情既高兴又失望。

"是呀！这么大的保险箱里只有两把钥匙，其中一把还这么小，好像是自行车防盗锁的钥匙，或者是……"达芙妮说。

我们三个互相看了看，想到了同一个东西。

"信箱！"我们齐声说。

这座庄园肯定有信箱，里面的邮件肯定很久没有被清理过了！那里也许就有关于厄斯塔什曾舅外祖父的珍贵线索！

"但是，信箱在哪儿呢？"泰莎思考着，"大门那儿什么也没有。"

"因为邮递员从来不会走进门前的小路，"达芙妮说，"所以信箱肯定在路口！"

"这就说得通了。"我很赞同达芙妮的看法，"我们现在就骑车去试试钥匙吧！"

泰莎又拿起保险箱里的第二把钥匙。它的大小和形状跟我们在阁楼壁柜里发现的那些钥匙一样。

"这把钥匙应该可以打开某个房间的门。"泰莎说，"不过，我们以后再说吧。"

我们快步来到粮仓，取了自行车。我等着听泰莎那句"事情又有进展了"或"来吧，我的迪米特里"，但她什么都没说。前往信箱的路程很短，但我仍利用这段时间胡思乱想，还对现状做了小小的总结。也许正因为我总是将幻想和逻辑结合起来，才需要长时间分析一件事情吧！我的目光瞟向达芙妮。她握车把的时候，外套的袖口向上提起了一些，我看见她手腕内侧有一个用蓝色圆珠笔画的图案。那是一颗心，里面有一个大写字母D。

信 件

　　"你的脸为什么这么红？"泰莎在我们到达目的地时问我，"不光是因为骑自行车吧？"

　　"哦，就是因为骑自行车。"我说话时脸红得更厉害了。

　　我绝不会说我看到了达芙妮手腕上的图案。世上有那么多名字的字母都以D开头，那也许跟我没有任何关系，尽管"迪米特里"的第一个字母也是D。

　　"你们看，信箱在那儿！"达芙妮提醒我们。

　　我悄悄地掐了自己一把，好让自己集中精神。事实上，这个动作只是弄疼了自己，却没有让我的精神更集中。此时，两个女孩儿正在将钥匙插进信箱的锁孔里。我告诉自己，我应该集中精神关注我们的调查进展，信箱会揭开一些秘密，这才是我此刻应该关心的问题。

"哇！"泰莎兴奋地叫道，"这里有好多信件！"

"我们应该带个包过来。"达芙妮说。

我把自行车放在斜坡上，向她们走去。信箱被塞得满满当当的，也许邮递员很久以前就放弃继续往里面塞任何东西了。信箱上贴着"禁止投放广告"的标签，但看起来至少有一半的信封里装的仍是广告。我们把这些广告放到一边，真正的信件就少多了。

"我们可以把这些广告暂时放到你家去吗，达芙妮？"泰莎提议。

我们的朋友顿时脸色苍白，就像我几分钟之前突然脸红一样。

"不，不能去我家，不能！"她结结巴巴地表示反对。

"为什么？"泰莎坚持着，"我们总不能把这些都带到厄斯塔什曾舅外祖父的老房子里吧！"

"因为……因为我家挺乱的……"

"我们可不在乎帮你做家务！"泰莎高声说道。

泰莎应该看出了达芙妮的不自在，但她还是不想放弃。我有理由怀疑，泰莎认为达芙妮向我们隐瞒的事情，比之前向她倾诉过的秘密更复杂。当泰莎决定弄清楚让她困惑的事情时就会全力以赴，毫不犹豫。泰莎就像一头犀牛……最糟糕的是，她有跟任何人做朋友且总是表现出很友好的能力，人们根本不会察觉她的真实目的。

突然，我又想到达芙妮手腕上的字母D——我真的停止过思考这件事情吗——我问自己那是否跟我有关系。达芙妮会不会在家里放了一封写给我的信，或者一幅我的画像，或者……如果泰莎能读懂我的想法，她可能又会取笑我，而且一定会阻止我继续做白日梦。这样就太尴尬了……总之，我决定帮一帮达芙妮。

"你自己把这些广告都扔掉吧，"我向泰莎提议，"我们在这里等你。"

不难看出达芙妮松了口气，而且非常赞同我的主意。泰莎有些失望，悄悄地向我投来控诉的目光。

"坏犀牛！"我责备她。

"她对我们有所隐瞒，而我们把那么多关于老房子的秘密都告诉了她，"泰莎抗议道，"这不公平！"

"别老是埋怨她了，快来拆这些信件吧！"我提醒泰莎。

在我们急切的指尖下，信封一个个被拆开。达芙妮很快也加入其中。

这里面有许多行政信件，我们完全看不懂，于是把它们放到了一边。厄斯塔什曾舅外祖父还收到了二十多张明信片，这可太有趣了。明信片上并没有写着传统的"来自假期的问候！某某某签名"。这些明信片的背面写满了字，被装在各自的信封中。

"我给你们念这张。"泰莎说。

厄斯塔什：

　　我的老朋友！卡马尔格的阳光与尚特卢布的一样温暖！

　　我喜欢在这里散步，就像我在家里时一样。我仍

132

记得和你一起度过的时光，并且永远不会忘记——不是什么事情都可以被遗忘的。

生活很惬意，而且我现在已经老了，所以最好还是在这里安家吧！

我仍然会想到你，你总是为大自然的美景而惊叹。你会喜欢这里的。大海和火烈鸟飞过的沼泽是那么绚烂！

谢谢你的来信！我期待得到你的消息，要跟我保持联系！如果某天你能来看我就更好了。我很乐意做你的向导，向你展示这里美好的一切。

此致！

保罗

"是一个在这里寄宿过的人！"达芙妮很兴奋。

"而且'不是什么事情都可以被遗忘的'这句话，让我隐约感觉跟记忆有关。"我说。

"这张明信片上的文字有点儿奇怪，你们不觉得吗？"泰莎说，"从写信人的口吻看，我认为他应该是个老人。"

"对，是的……"

我们继续浏览厄斯塔什曾舅外祖父收到的明信片。它们都是由曾经在他家寄宿的人寄来的。他们都是病人吗？为了治疗什么疾病呢？反正那些人不是囚犯，因为他们看起来都很喜欢厄斯塔什曾舅外祖父，而且很感激他。除非厄斯塔什曾舅外祖父让他们失去了记忆，并强迫他们喜欢他。

　　"这张明信片的结尾是一串数字，很奇怪……"达芙妮指给我们看。

亲爱的厄斯塔什：

　　我是在奥雷龙岛给你写信。这里有很多牡蛎，有时我一天可以吃两次！这可能有点儿过分，但要抵抗它们的诱惑真的太困难了。而且在我这个年龄，想吃什么就吃什么是我最大的愿望了！现在我的生活好多了！你什么时候会休假呢？请相信我，也许你也很需要假期！我还要啰唆几句，海边的空气将我从疲劳中拯救出来，就像你曾经将我从另一种痛苦中拯救出来一样。认识你是我莫大的荣幸。在尚特卢布的记忆不会被遗忘。你知道吗？我现在还时常梦见那里。如果不是要将位置让给他们，我本想带着行李去你那里再待一段时间呢！

请接受我的拥抱。

保重！

玛蒂尔达

26—27—39—40—41—56—57—205—206—207—
212—213—214—215—216—217—218—219—220—
221—44—83—84—85—89—90—91—195—197—102—
103—203—204—138—151—82—142—160—180—181—
101—230—231

"这些数字太奇怪了，它们一定包含了某种意义。"泰莎低语。

我的看法与泰莎一致。我们可以肯定，这些数字不是电话号码或乐透彩票号码。

"她说厄斯塔什曾舅外祖父把她从痛苦中拯救了出来。"达芙妮显得非常兴奋，"他治愈了这些人的疾病，肯定是这样的！"

"我们还不能下结论。"泰莎谨慎地说，"因为我们不知道她说的是哪种痛苦。"

这些明信片没有告诉我们太多有用的信息。不过，通过这些明信片我们确认了一个事实：那座庄园曾经为了某种确切的目的接待过许多人。但究竟是什么目的呢？我们看了所有的明信片，将它们分类，再仔细查看和研究。然后，我们打算想办法破解某些明信片上的数字密码，剩下的明信片我们会交给妈妈。此外，我们还要尝试用仅剩的一把钥匙来打开仍紧闭的某扇房门。

"我们回去吧！"泰莎说。

于是，我们三个都骑上了自行车。

意外的线索

在我很小的时候，我就对妈妈掌握的、我却学不会的一项技能非常惊讶：她可以在保持右眉毛完全不动的情况下挑起左眉毛。当她露出这个表示怀疑的表情时，挑起的左眉毛就像个问号，激发她对面的人快速做出解释。

此时，让她挑起左眉毛的事情就是我们拆开了厄斯塔什曾舅外祖父的所有信件。我本以为"我们帮你挑拣了信件"这个借口足以消除妈妈的疑虑，但事实上她并没有被这个借口说服。

"你们不应该这么做。"她抱怨道，"这些都是大人的信件。你们应该把找到信箱钥匙这件事情告诉我。你们还有哪些事情需要告诉我？"

我和泰莎互相看了看，犹豫着，达芙妮尽量保持沉默。最终，泰莎拿出了她口袋里仅剩的一把钥匙。

"这把钥匙是跟信箱钥匙一起被找到的，我们本想拿着它去试试那些还没有被打开的房门……"

妈妈考虑了一会儿，开口道："好吧，我马上要去整理楼上的房间，你们试着打开所有的房门吧！但是，不要不经过我的同意就随意扔东西，而且不可以再随意拆开信件，明白了吗？"

妈妈的左眉毛回到了正常位置，声音也温柔多了。我们向她保证一定会听她的话，随即便跑出了她的视线范围。

"我们从这里开始！"泰莎说。

她指着左边紧挨妈妈卧室的房间，这是一楼唯一没有被打开的房间。达芙妮还没有在老房子里打开过任何一扇被锁着的门，所以我们将这个机会让给她，让她碰碰运气。

"鼓声雷动，悬念已达到顶峰！"泰莎笑着说。

咔嚓！

"哇，一次成功！"达芙妮兴奋地叫起来。

"这就是新人的好运气！"泰莎调侃道。

然而，我没有她们那么兴奋。我本希望这把钥匙能帮我们找到线索，但考虑到老房子里所有房间的位置和布局，我认为这个房间很可能只是一间卧室，就像它旁边的两个房间一样。

这时，我听到泰莎大声喊道："中大奖了！一切又要重新开始了！"

听到泰莎的声音，我快步走进房间，与两个女孩儿并肩而立。

我瞪大眼睛，笑容也更夸张了。这个房间跟右边的两间卧室可不一样！它们完全不同！

"爸爸发来电子邮件了！"这时，妈妈的声音从客厅传来。

这个时机赶得太巧了……我们三个互相看了看，犹豫着要不要退出房间。你们看，这就像电影演到了高潮，悬念达到了顶峰，有人却要求"暂停"以便去上卫生间？现在就是这样的效果。

"好吧，我们去看看爸爸的电子邮件，然后再回到这里。"泰莎做出决定。

在给爸爸发第一封电子邮件的时候，我们对老房子的了解比现在少得多，而且对妈妈没有任何怀疑。可是，这一次我们要通过妈妈的电子邮箱给爸爸回复邮件，所以必须考虑邮件该怎么写，因为妈妈可以看到所有发出的电子邮件。电脑的显示屏暂时熄灭了，我稍微动了动鼠标，显示屏重新亮了起来，爸爸的电子邮件出现在我们眼前。

亲爱的孩子们：

厄斯塔什舅外祖父的老房子我还记得很清楚。在你们出生前的几年，你们的妈妈带我去那里拜访过厄斯塔什舅外祖父。那时候，那栋老房子里就已经有许多门是关着的，我没有机会看到你们说的阁楼，你们真的很幸运！

我从来没有听说过你们描述的那些机器，你们的妈妈什么都没有对我说过。这太令人吃惊了！她只对我说，厄斯塔什舅外祖父会接待一些人在那里寄宿几个星期，所以房子才会那么大。但是，她说过厄斯塔什舅外祖父喜欢制造一些秘密设备，还给我看过一台。

厨房里有一台咖啡研磨机就是被改造过的。你们可以将摇柄往各个方向旋转，尝试揭开隐藏的秘密！试试看吧，如果还是不行，在下一封电子邮件里我会告诉你们应该怎么操作。

我仔细看了你们抄下来的配料清单。这些配料的组合非常奇怪。我认为这背后还有其他秘密！你们的妈妈带我去尚特卢布的时候，我应该问她更多问题……

我很想念你们，我觉得我的会议远没有你们在厄斯塔什舅外祖父家的假期有趣。把你们的发现都告诉我吧！

我爱你们！

爸爸

有了新线索！之前我们用完了能找到的所有钥匙，然而突如其来的惊喜，让我们不知道应该从哪里开始新的调查了。

"咖啡研磨机？"泰莎问道，"它跟咖啡壶不一样吗？"

"不一样！"达芙妮马上回答，"那是我爸爸售卖过的一种老物件！它就像个盒子，上面有一个小把手和一个小抽屉。"

"那么，我们先干什么？"我的脑子有些混乱。首先，我讨厌同时做好几件事情；其次，我一点儿也不喜欢做选择。所以，现在这种情况让我感觉非常不舒服。

"我上阁楼去。"妈妈从厨房前走过去，并随口说了一句，然后拿起拖布和水桶上了楼。

"我们要抓住这个机会去厨房看一看。"泰莎小声说出自己的意见。

"而且不会占用太多时间。"达芙妮也很赞同泰莎的提议。

说真的，如果我们拥有自我复制的能力，以便同时做所有事情，那才叫棒……我们不会分开行动，因为没有人愿意错过任何细节，而且我们三个脑子加在一起，也不一定能揭开爸爸说的那个隐藏的秘密。

"好，首先是咖啡研磨机。"说着，我向已经到了厨房的女孩儿们走去。

咖啡研磨机

厨房里还有一些餐柜、壁柜和置物架。这栋老房子里究竟有多少家具？而且每个抽屉里都放满了东西。我们来到这里的第一天，妈妈就把厨房打扫了一遍，以便能让它发挥应有的作用，但她还没有分类清理这里的物品。妈妈本来是从餐厅开始清理的，可巨大的工作量让她失去了勇气，于是半途转去清理阁楼了。

我想，厄斯塔什曾舅外祖父在一百零一年的生命中不仅积累了年龄，也积累了许多物品。

"这个看起来像你说的那个东西。"泰莎指着最高层置物架上的东西对达芙妮说。

"对，就是它！"

我是我们三个当中个子最高的。我踩到一把椅子上并踮起脚，可置物架太高了，我的指尖能碰到咖啡研磨机，但拿不到它。

"等等，我去拿个东西，好把咖啡研磨机拖过来！"达芙妮说。

我站在椅子上忐忑不安，感觉椅子在摇晃。达芙妮拿着一把大勺子回来，当她把大勺子递给我时，她的手腕露了出来。我又看到那个在心形图案中的字母D，觉得头脑有些发晕……我让自己集中精神，将体内沉睡的行动派因子唤醒。我拿着大勺子先用力推了推咖啡研磨机，可我的力气太大了……咖啡研磨机掉下了置物架。我想抓住它，于是倾斜了身体，结果椅子也倾斜了。好在达芙妮成功抓住了从空中飞过的咖啡研磨机——她是那么从容、优雅；泰莎想按住椅子——但太迟了；而我则从达芙妮的手臂上飞了过去，摔在地上，不过我哪儿都没有受伤。

"哎呀！"泰莎既不担心我也不同情我，只是抱怨道，"希望妈妈没有听到！"

"你还好吗？"幸好还有达芙妮关心我。

就像我之前说的，我讨厌同时做两件事情，也讨厌做选择，但我更讨厌的是，别人把所有注意力都集中到我身上。现在达芙妮正仔细地观察我，就像刚刚发现一只她不认识的"可怜虫"。

"我还好。我看见你手腕上的图案了。"这次我没有多想就直接回答道。

这是我拙劣的自我保护，以便将她的注意力从我身上转移到别的地方。迪米特里展现出"臭主意之王"的面目……达芙妮的脸红得就像要滴出血来。我感觉到她的不适，就像泰莎提出要去她家时那样。另外，她什么话也没有说，也许是在思考怎么解释那个图案，却没有找到合适的谎言。那个字母D也许真的代表我？还是跟我完全无关？厨房里的气氛突然变得像烟雨蒙蒙的季节，既有细雨飘洒时黏糊糊的感觉，又不像秋天的倾盆大雨那样让人厌烦。

我的思维正沉沦在想象中，泰莎突然将我们从尴尬中解脱出来。

"好吧，让我们来看看这台咖啡研磨机吧！"她从达芙妮手中接过机器。

泰莎将咖啡研磨机放到厨房的桌子上，我和达芙妮就像被咖啡研磨机牵引着，也来到桌子边。泰莎也许没有听到我对达芙妮说的话，这非常好。

"这个东西是怎么用的？"泰莎说着，同时用目光询问我们的朋友。

达芙妮的脸色恢复了正常。她扯了扯自己的袖子盖住手腕，好让我们感觉她没有任何秘密，然后她开始向我们展示如何操作咖啡研磨机。

咖啡研磨机的摇柄安在凸出的金属上，这个部分正好可以被打开。"这里就是放咖啡豆的地方。"达芙妮解释道，"我们将它关上再转动摇柄，咖啡豆就会被碾轧成粉末，在这个小抽屉里就可以收集到咖啡粉。"

泰莎和我万分惊讶地仔细观察她的每一个动作。那个小抽屉能够取出来，在机器的角落里还残留一些棕色的咖啡豆，我们甚至能闻到淡淡的咖啡味。咖啡研磨机在我们手中传来传去，好让我们从各个角度仔细观察它。

"机器上有一层厚厚的、黏糊糊的灰尘。"泰莎指给我们看，"我想，妈妈没有碰过它。如果我们运气好的话，机器里的秘密应该还保留着。"

"我想，我知道秘密在哪里了。"过了一会儿，我说道。

"这个抽屉的长度比整个抽屉槽短一些。"停顿了几秒钟之后，我又说，"所以……这后面还有一截！那里肯定是个暗格！"

泰莎试着从咖啡研磨机的抽屉槽里按压底部，却没有任何发现。我思考着我们掌握的极少的信息，希望从中发现端倪。

"如果爸爸已经给我们线索了呢？"我说。

泰莎似乎在等着我的这句话，她突然灵光一闪，大喊道："是的！他写了'你们可以将摇柄往各个方向旋转，尝试揭开隐藏的秘密'！"

泰莎马上沿着逆时针方向转动摇柄。转了三四圈之后，我们听到咔嚓一声——抽屉槽深处的内壁弹开了。在这个打开的小门里有……

"一把钥匙！"达芙妮说。

"我觉得我们很快就可以了解一切了。"泰莎补充道，嘴角含着满意的微笑。

我们有必要再回到妈妈的卧室隔壁的房间，因为今天有了重大发现。我在记事本上快速地完成了咖啡研磨机的草图绘制。草图很容易辨认，我在旁边还写下了咖啡研磨机的功能及小机关。

泰莎拉着我的手臂往前走，她认为我走得还不够快。

"你不要又变成'慢半拍的迪米火车'了，现在已经很晚了！"泰莎一直在催促我。

"而且我半个小时以后就要离开……"达芙妮说。

"好的，我们赶快，但再也别这么叫我了！"我愤怒地向泰莎抗议。

我跟上了她们的脚步。一分钟后，我们重新站在一楼走廊的第三个房间里，那是厄斯塔什曾舅外祖父的办公室。

那么多格子

　　这个房间有一扇大大的落地窗，正对着后面的花园，但它的百叶窗是关着的。房间里充满了长期封闭的霉味和老旧纸张的气味。我们打开门窗，以便通风和拥有更好的视野，这是一个房间应该拥有的正常环境吧……在阳光的照射下，我们看清了这个房间更惊人的景象。首先，这里有一整面墙的书柜，书柜里放满了资料夹和书。另一边的一个置物架上放着好多大脑模型。即使它们只是塑料或木质的，也仍让我觉得不安。

几台老相机被放在旁边的家具上。在一个角落里我还看到许多圆珠笔，我从来没有见过这么多圆珠笔。它们被分成十几支一把，在转角柜子上的笔筒中静静地待着。房间的正中央摆放着厄斯塔什曾舅外祖父的办公桌。办公桌很可能是他自己制作的，上面是由三块木板组成的巨大U形桌面，下面是许多抽屉和大小不同的格子。

"开始工作吧！"泰莎说，"如果有一个地方能让我们找到答案，应该就是这里了。"

我首先查看了书柜上的书。跟客厅里的不同，这里只有一些科学书籍，涉及物理、化学、生物、医学、心理学、电子学、数学等，我就不一一列举了。如果厄斯塔什曾舅外祖父真的读懂了这些书，那么他真的是个天才。

达芙妮被大脑模型吸引了。有些大脑模型由许多部分组成，需要像拼图一样组装起来。她拿起大脑模型的一些组成部分，脸上的表情一半是恶心，一半是着迷。

我看了看泰莎，她正在那个巨大的办公桌上翻找。她坐在可转动的座椅上转来转去，看起来就像公司总裁或国家元首——这很符合她的性格。

"抽屉，抽屉，还是抽屉……没完没了！"泰莎抱怨道。

"我来帮你吧！"我说。

我很快就明白泰莎为什么会抱怨了。因为抽屉里面还有格子，格子里面还有一些非常小的抽屉，这些小抽屉里面有的还分了格子！这个办公桌真是个巨大的"俄罗斯套娃"。

"哎呀，时间到了，我得走了！"达芙妮带着一丝失望说道，"我去趟卫生间就得走了。"

在达芙妮离开之前我们向她保证，如果有新发现，我们一定等她来了再一起揭开谜底，同时保证绝不在她离开时使用咖啡研磨机里的钥匙。这让她稍微安心了一些，但我很清楚地看到她脸上又出现了灰暗的神色。在我们第一次相遇时，这种神色给我留下了深刻的印象。她家里到底发生了什么，让她在即将回家时蒙上一层伤感的面纱？那个生病的人应该病得不轻……是她的爸爸或妈妈吗？我很想问问她。她已经成了我们的朋友，我觉得如果担心朋友，就应该问问出了什么问题，不是吗？

但是，当我准备问她时，她已经走了……

"我忍受不了这个办公桌了！"泰莎说，"你接着来吧，我去翻翻那些书。"

"我已经看过所有图书的书名了。"

"多看几次总是没错的。"

泰莎检查了办公桌中间的部分，而我检查了办公桌右边的部分。当我开始打量办公桌左边的部分时，发现这里有些特别之处：在一个与办公桌同等宽度的大抽屉下面，有四列小抽屉；上面最大的抽屉里还有九个带盖子的格子，但所有的盖子都打不开。也许这又是一个藏着厄斯塔什曾舅外祖父秘密的设备……我用了点儿时间寻找机关，但没有成功。从下面的抽屉也看不出什么奥秘。我逐渐失去勇气，瘫倒在座椅上，就像靠在泳池边的一把长椅上。我边叹气边伸腿，双手交叉放在瘦瘪的肚子上。最近，我发现成长这件事跟我开了个玩笑。

我一个人的饭量能抵得上四个人的，但我只长个子，不长胖。突然，我的鞋踢到一个坚硬的东西。原来，办公桌下面露出了许多细木棍，它们被一些小架子支起，离地面大约十厘米。我立刻趴在地上，想看得更清楚一些：准确地说，一共有九根细木棍，它们按照三根一组被放在办公桌的三个地方。我把脚伸到其中一根细木棍下面。这根细木棍似乎不是固定的！我慢慢地挑起它，直到它卡住不动。这时，我听到一声轻微的咔嚓声。我惊奇地发现，在最上面的抽屉里，一个盖子被打开了。

"厄斯塔什曾舅外祖父真是个天才！"我小声说道。

我把下面的那些抽屉都打开，目的是想了解这些细木棍究竟是怎么被组合在一起的，但我什么都看不见，因为这些细木棍都被藏在大抽屉下面那个将空间分割成四列抽屉的壁板里。他真是个天才！

"噢！我有了新发现！"这时，泰莎兴奋地大喊道，"迪米特里，快来看！"

泰莎将一本厚厚的书递到我眼前。又是这样，我又一次不知道应该先处理哪件事情了！

"我随机抽出几本书看了看。厄斯塔什曾舅外祖父在有些书里留下了纸片，我想那上面应该是他看书时做的笔记。这本书这么厚，它立刻吸引了我的注意。你把它翻开！"泰莎对我说。

这本书的封面就很重，当我把书翻开时，一部分书页也附带着被翻了过来。书里面可不是封面上写的《尼格尔布劳斯方程理论》的内容，而是一个空心的长方形。这本书其实是一个盒子，被巧妙地藏在了书柜里。

"天才！我早就说过！"我不禁赞叹道。

在这个盒子里还有格子。又是格子！今晚我肯定会梦到格子的！我在一个格子里发现了一个皮面的记事本，这是怎样的珍宝哇！我和泰莎都看到记事本上有一个标签，上面写着：日记。

"现在不能打开日记简直太折磨人了。"泰莎痛苦地说，"可我们答应达芙妮了！我们不能看！"

"等等，我还有东西要给你看。"我说。

妈妈的解释

第二天，我们做了一道"数学题"，世界上最好的"数学题"：

$$假 + 期 = 睡 \times 懒 \times 觉$$

好吧，我承认，老师肯定不会喜欢我的"数学题"……但我从来都不喜欢学校里的数学课，即使我还算是个好学生，而且我实在太喜欢睡懒觉了。

前一天晚上，妈妈提议从二楼的房间里拿出几套桌游，于是泰莎和我一起挑选了十套。我们面对妈妈时，情绪有点儿复杂，不知道应该怎么看待她。她是厄斯塔什曾舅外祖父的同谋吗？如果是这样，我们会怪她不把知道的都说出来，还让我们自己去发现那些奇奇怪怪又让人难以理解的真相。或者，她是受害者吗？如果是这样，在没有完全了解真相以前，我们可不敢越雷池一步。

调查真的很复杂，却十分有趣。在此之前，泰莎轻声在我耳边说："今晚暂时跟妈妈和解吧，忘记一切，明早我们再重新出发。我们也得享受一下假期呀！"我很赞同她的想法，于是我们和妈妈度过了一个愉快的游戏之夜，直到晚上十二点半才回卧室睡觉。第二天，我们上午十一点才起床，妈妈也没有任何抱怨。

这天早晨，我们要给爸爸回复电子邮件，不过我们用了很长时间来思考如何回复他。对于泰莎来说，陷入长时间思考是个新鲜事。鉴于最近有了不少新发现，我们有很多话要跟爸爸说一说。但是，我们担心妈妈会看到电子邮件，于是决定在邮件中只模糊地说一句"有进展，你回法国后再告诉你。"反正，没有他我们也能处理得不错。

午饭后不久，达芙妮像往常那样来找我们。现在我们三个非常有默契。我们一起来到花园尽头的柳树下，坐在草地上铺好的床单上，然后把事情的进展做了总结。

"昨天我们有了一些重要发现。"泰莎宣布，"今天下午我们会非常忙碌！"

"我们在办公桌里发现了许多格子，它们由秘密系统控制着。"我把新发现告诉达芙妮，"你坐好，别被吓到：我成功地将这些格子打开了，在里面发现了三把新钥匙！"

"这样我们就有四把钥匙了，对应四扇没有被打开的房门。"泰莎补充道，"这还不是全部呢！"

达芙妮拿起我们放在床单上的钥匙串仔细观察着，就像在观察一件珍宝。

"而我发现了一个被伪装成书的盒子。"泰莎接着说，"里面藏着一个记事本，那应该是厄斯塔什曾舅外祖父的日记本。我们等着跟你一起去看看呢！我一整晚都在梦到它！"

达芙妮震惊地说："谢谢！如果是我，我不知道会不会像你们一样耐心地等待！所以，我们现在先干什么呢？"

当她提出这个问题时，我看见她眼中闪过一丝惊慌。有趣的是，这个发现让我非常高兴，因为再也不是只有我面对选择时感觉紧张了！

我们终于翻开了日记本。日记里有许多文字，写得满满当当的，全部读完它们会用很长时间。相比较而言，先把剩下的房门都打开也许更简单一些。但是，如果日记里记录了关键信息，那么先了解这些信息再去打开房门会不会更好一些？还有，如果我们在行动时把日记本弄丢了呢？千头万绪让我不知道该怎么办……

"好吧，"泰莎做出决定，"我们还是按顺序来吧。一楼的房间都打开了，二楼还剩下两个房间。我们先去那儿看看有什么吧。"

"这也是个办法！"达芙妮表示同意，同时向我眨了眨眼睛。

"那么，我们开始吧！"我脱口而出，干脆利落得根本不像自己，"否则我们又要像昨天一样，不能把该做的事情都做完了。"

我果断的态度让泰莎吓了一跳，但她什么也没说，甚至她一直喜欢说的那些夹枪带棒的嘲讽也没了踪影。于是，我们快速收起床单往回走。

在二楼卫生间旁边的房间门前，我从泰莎那儿抢走了钥匙串。此时，我充满了"猛虎气"！

第一把钥匙就是正确的！这把钥匙是我们从咖啡研磨机里找到的，看来我的能量爆发了，似乎世界上的一切偶然都无法与我的好运气相比。随后，我让泰莎先进入房间，因为我不愿意做主导者，那会让我感到责任重大。

"这个房间黑漆漆的！"泰莎说，"没有窗户。"

"这儿有个开关。"达芙妮在墙上摸索着说。

她按下开关，房间瞬间被笼罩在红色灯光中。这种奇怪的红色灯光很不真实，让人感觉不舒服。很快，达芙妮找到了第二个电灯开关，整个房间突然有了正常的光线。

我立马注意到，房间里原来有一扇窗户，但被封上了。我继续观察，发现这里有一个洗碗槽、几张桌子、一些置物架。更让人惊讶的是，在一根贯穿整个房间的晾衣绳上还有一些夹子。

"你们看！"达芙妮叫道，同时指着冲洗照片的药水给我们看，"这里应该是冲洗照片的暗室。"

"这就能解释为什么房间里有红色灯光了。"泰莎兴奋地说。

我们在暗室里搜寻线索和被遗忘的照片，但这里只有冲洗照片的设备，没有照片。

"你们还记得我们在厄斯塔什曾舅外祖父办公室里看到的那些相机吗？"我问道。

"记得！"女孩儿们异口同声地回答。

我接着说："如果相机里还有一些底片呢？我们就可以试着冲洗照片了。"

"太棒了！"达芙妮说，"这样就能看看你们的厄斯塔什曾舅外祖父最后拍的照片，这个主意真是太好了！"

"可是，你们会冲洗照片吗？"泰莎让我们理智一些。

"我会！"我们背后有个声音响起，"如果有底片的话，冲洗照片的确是很有意思的事情。"

我们都吓了一大跳，转身发现妈妈正微笑着打量我们。她从什么时候开始站在那里的？我们呆住了，就像被汽车车灯照射到的野生动物。

"我让你们打开这些房间的门，是因为我没有勇气自己完成这些任务，"妈妈说，"但我也该帮帮你们了！我已经准备好了！"

我们震惊得目瞪口呆，一句话也说不出来，静静地揣摩着妈妈的话。

"还有钥匙吗？"妈妈问，"我的舅外祖父把照片都放在一间与卧室相连的储藏室里了。他会给寄宿者们拍照片，但他觉得这些都是私人物品，不应该放在客厅里，所以只有在其他房间都被占用时，他才会让别人住在那间卧室里，因为他希望能随时进出储藏室。"

"所以，是寄宿者……"泰莎反复琢磨着。

"是的，我告诉过你们，有些人会来这里住上两三个星期，有些人甚至连续住在这里好几年，我们称他们为'寄宿者'。"

"他们来干什么呢？"我好奇地问道。

妈妈思考了一下，这是她和我共同的习惯。

"你们来看看这些照片吧，这样就能找到一部分答案了。你们还有几把钥匙？"

"三把。"泰莎回答，她把钥匙拿给妈妈看。

"你们应该也有那个'博物馆'的钥匙……"

我们三个屏住呼吸，等待妈妈接下来的话。可她什么都没说，而是头也不回地向二楼的一间已经被打开的卧室走去。

初步的答案

妈妈突然加入我们的调查，让我们感觉很奇怪，真的非常奇怪，因为这些天我们尽力保守秘密，不让她知道我们的发现。因此，现在我觉得自己像电池被耗尽，出现了短路。泰莎似乎跟我的状态一样。她把钥匙递给妈妈，然后我们一言不发地看着妈妈把卧室里的另一扇门打开。妈妈走进连着卧室的储藏室，神色放松下来，我感觉她似乎变年轻了。

这里像个小图书馆，跟图书馆唯一的区别是，柜子里放的不是书，而是相册。在柜子隔板的边缘贴着许多标签，以方便查找。这些相册不是按字母顺序排列的，而是按年份排列的。妈妈走向1983年的相册，这些相册的侧面都标有姓名，她抽出第一本相册并打开。起初，她显得很激动，她的嘴唇，慢慢地，非常慢地，扯开，直到形成一个梦幻般的微笑。

泰莎、达芙妮和我都站在门边，不敢走进储藏室。这个时刻似乎变得无比神圣，让我们有些踌躇。

"这就是你们要找的一部分答案，来看看吧。"

我们走近她，发现这里有成百上千本相册！

"这栋老房子的每位寄宿者都有一本专属相册。这本是吉尔的，就是教我骑自行车的那位男士。"

妈妈让我们看了几张照片。照片上，她站在吉尔身边，他们一起参加了许多活动。然后，她抽出另一本相册跟我们一同翻阅。因为每位寄宿者都有一本相册，所以我们觉得每本相册好像都有一个主人公，他会出现在这本相册的每张照片里。

我们正在翻阅的这本相册，主人公也是一位男士，只有三十多岁。我们看到他在花园里做运动，在村子里骑车。还有一些照片是他在玩乐器、玩桌游或做陶艺时拍的。相册里还有他的肖像照，他脸上有大大的笑容，嘴角咧到了耳根，手里拿着彩色羊毛线球放在脸旁。他所有的表情都让我们感觉彩色羊毛线球非常柔软。再往后翻，我们还看到他和其他八个人坐在客厅的桌子旁边，气氛显得轻松、愉快。在有些照片里，他在一个小本子上写着什么。妈妈指给我们看另一张照片，这位男士站在另一位男士身边，而后者的面容我们并不陌生。

"这是他和你们的厄斯塔什曾舅外祖父的合照。你们的曾舅外祖父可是很少在照片上出现的。"妈妈说。

泰莎、达芙妮和我立即凑近，以便更好地观察这位制造了诸多秘密的人物。我虽然只见过他几次，却很容易地认出了他。他是个高大且肩膀宽阔的男人，面容既不温柔也不冷酷，显得很坚定。他的眼睛里透出率真的眼神，眼睛上方的两条眉毛就像疯长的灌木丛。然后，我盯住他的嘴巴——小巧的嘴巴与其他巨大的一切形成鲜明对比——我多么希望他能开口说话呀！

"他看起来很高雅。"达芙妮小声说。

我点头表示赞同。妈妈继续翻着相册，向我们展示其他照片。

"这些人像是在这里度假。"泰莎说，"他们参加的活动好像跟孩子们在假期活动中心的一样。"

"其实，他们来这里是为了得到治疗，就用你们看到的那些机器。"妈妈在短暂的犹豫后回答道，"每天只需要十分钟的治疗，剩下的时间他们想干什么就干什么。在这里我们都玩得很开心。"

终于，妈妈向我们透露了真相!

"治疗什么?"达芙妮稍显急切地问道，我和泰莎都吓了一跳。

妈妈叹了口气，没有回答，于是出现了一瞬间的冷场。最后，我小声问妈妈："你呢，你用了那些机器吗?"

"是的。"妈妈小声说。

"用了'消除记忆水'吗?"我继续用温柔的声音问妈妈。

妈妈向我抱歉地笑了笑。

为什么抱歉? 我问自己。

"是的。"她回答，"看来你们已经破译了那张标签。我的舅外祖父把那些液体称为'遗忘精华'。"

妈妈的这番话就像三月里的冰雹，来得突然而迅猛，让人目瞪口呆，但很快就结束了，因为她马上接着说："我去厄斯塔什舅外祖父的办公室看看那些相机，检查一下里面有没有底片。你们可以趁这段时间去打开'舍弃的记忆博物馆'。"

话音刚落，她就消失在我们眼前，没有留给我们开口说话的机会。我们没有追上她再问其他问题。她看起来既伤感又幸福，既忧郁又充满幻想，很显然她希望我们给她留点儿独处的空间。

"'遗忘精华'！"泰莎叫道，"寄宿者用'遗忘精华'治疗！我们现在已经掌握了所有信息，但为什么我还是不太明白呢？"

我的脑子以前所未有的速度分析现在的情况。在这栋老房子里，我们打开的门越多就越糊涂。如果我们想了解更多在这里发生过的事情，就必须阅读厄斯塔什曾舅外祖父的日记！立刻！马上！

"必须看看他的日记。"达芙妮抢先说。

于是，我们围坐在一张桌子旁。泰莎把日记本递给我，让我来朗读。起初，那些手写字迹很难辨认，但我比想象中更快地习惯了他的字迹。

1974年5月20日，星期一

他们刚走。第一批也是最后一批由"遗忘精华"治疗过的人刚刚离开尚特卢布，我既震惊又害怕。我禁止自己用笔记录下这个项目，这一切都是绝密的。刚才我让那八位寄宿者向我承诺，如果他们给我写信，就要用代码。这可不是闹着玩儿的。但是，我觉得很迷茫，所以我需要记录下来，以便让自己好受一些，就像我向他们建议的一样。去他的风险！我会把这本日记藏起来，就这样吧。

我是怎么走到这一步的？

一切都得从我年轻时说起，我那时有许多想法，并且参军做了一名技工……

"等等！"达芙妮示意暂停，"他提到信件里是有代码的？"

"是的，就是那些让我们觉得奇怪的明信片。"泰莎说，"迪米特里，快把那些明信片从你的记事本里拿出来！"

　　"这太让人为难了，我想接着读日记！"虽然这么说，但我还是听从了泰莎的建议，跟她们一起仔细查看寄给厄斯塔什曾舅外祖父的明信片。

厄斯塔什：

　　我的老朋友！卡马尔格的阳光与尚特卢布的一样温暖！

　　我喜欢在这里散步，就像我在家里时一样。我仍记得和你一起度过的时光，并且永远不会忘记——不是什么事情都可以被遗忘的。

　　生活很惬意，而且我现在已经老了，所以最好还是在这里安家吧！

　　我仍然会想到你，你总是为大自然的美景而惊叹。你会喜欢这里的。大海和火烈鸟飞过的沼泽是那么绚烂！

　　谢谢你的来信！我期待得到你的消息，要跟我保持联系！如果某天你能来看我就更好了。我很乐意做你的向导，向你展示这里美好的一切。

　　此致！

　　　　　　　　　　　　　　　　　　　　保罗

"你们记得'遗忘精华'标签上的代码吗？"达芙妮说，"是每一行的第一个字母。不过，那样的代码不适合这样的信件。但如果我们直接把这些明信片每段文字的第一个词或词组提取出来呢？"

"好像可以！"泰莎很兴奋地说。

很快，我读出了这些文字："'厄斯塔什，我的老朋友，我喜欢生活，我仍然谢谢你。'很短，但的确是一句话。咱们再看看下一张！"

亲爱的厄斯塔什：

我是在奥雷龙岛给你写信。这里有很多牡蛎，有时我一天可以吃两次！这可能有点儿过分，但要抵抗它们的诱惑真的太困难了。而且在我这个年龄，想吃什么就吃什么是我最大的愿望了！现在我的生活好多了！你什么时候会休假呢？请相信我，也许你也很需要假期！我还要啰唆几句，海边的空气将我从疲劳中拯救出来，就像你曾经将我从另一种痛苦中拯救出来一样。认识你是我莫大的荣幸。在尚特卢布的记忆不会被遗忘。你知道吗？我现在还时常梦见那里。如果不是要将位置让给他们，我本想带着行李去你那里再待一段时间呢！

请接受我的拥抱。

保重！

玛蒂尔达

26—27—39—40—41—56—57—205—206—207—212—

213—214—215—216—217—218—219—220—221—44—83—

84—85—89—90—91—195—197—102—103—203—204—

138—151—82—142—160—180—181—101—230—231

"这一张就行不通。"泰莎失望地说，"但这些文字肯定是有意义的，因为这张明信片有代码。"

"试试将每个文字标上序号。"达芙妮提议。

"好主意！"我点点头说。

达芙妮从柜子里拿出一支铅笔在明信片上写起来，然后我们按照顺序，把与备注中的代码对应的文字摘录出来，于是就有了这样一段话："有时，有点儿困难。我本想去你那里再待一段时间，但现在我好多了。不要相信他们。你救了我，我知道。请保重。"

"'不要相信他们。'"泰莎重复这一句，"这是什么意思呢？"

凭着耐心——同时运用逻辑和想象力——我们成功破译了从厄斯塔什曾舅外祖父的信箱里拿出来的二十张明信片上的信息。

寄信人都对厄斯塔什曾舅外祖父给予的治疗表示感谢，但没有任何人提到具体治疗的是什么疾病。大部分寄信人都说希望能够再回到尚特卢布。我不明白为什么，一般来说，人们病好之后都会想逃离医院的。

"'遗忘精华'、生病的人希望能重新回到这里、厄斯塔什曾舅外祖父不应该相信的人，以及妈妈小时候得过的病……"泰莎列出一长串清单，然后说，"我觉得我还是什么都没弄明白。"

"继续看日记吧！"我不耐烦地提议。

"是的，"达芙妮说，"我一定要知道'遗忘精华'的真正用途。"

泰莎和我惊讶地看着达芙妮。她说话的语气显得很焦急，声音略有颤抖。我没敢问她，而是继续读起了日记。

日 记

　　一切都得从我年轻时说起，我那时有许多想法，并且参军做了一名技工。我没有想过这代表着什么，我那时只是需要一份工作来赚钱。很快，我的上级就提议让我参加工程师培训。他们说，在我身上看到了超乎寻常的才智，这让我挺得意……于是我开始在学校和工作之间奔忙。

　　不久，有人将不能运行的机器拿给我看，让我想办法。每次他们都将艰难的任务交给我，最后我都成功了！我非常自豪，丝毫没有想过我的发明会被用在哪里。

有许多令人难过的事情，让人难以说出口，更何况写下来，所以这一段文字会很简短。战争爆发了，因为身处实验室，我对战争的直接感受不及其他人的千分之一。我只是在战争结束后才听说、才看到、才明白。我才知道那些我曾经修复过的绝妙的小东西，其实都是毁灭性武器的组成部分。他们没有对我隐瞒，只是我一直在欺骗自己。我没有去了解……

突然，我觉得自己肩上的担子万分沉重。我开始讨厌自己，因为我发明和制造的东西造成了别人的死亡，引起了莫名的恐慌。自豪不再，天才不再，我受到了强烈的冲击，于是一有机会我就离开了军队。

1974年5月22日，星期三

房子看起来空空荡荡的。我仍然不敢相信刚刚过去的三个星期发生的事情。在经历了两个不眠之夜后，我决定继续写日记。

曾经，生活的巧合让我遇到了一些伤心的人、经受过苦难的人。他们的夜晚充满噩梦，于是他们不愿再入睡。他们的白天也不好过。这些人就像没有被仔细呵护的物品，被损坏，出现裂痕，甚至破碎后没能被精心修复。每次我都会感到羞耻，似乎自己应该对他们的不幸负责，即使他们的不幸跟战争没有丝毫关系。我从视而不见变成了惊弓之鸟，将一切都混作一谈。

于是，我的脑子里有了这个想法：希望他们能够原谅我。

这个想法很愚蠢。没有任何人责怪我，但我仍是这样想的。而且，在我的职业生涯中，我一直在为各种问题寻找解决方法：修理损坏的机器、改善运行不畅的机器、替换无法满足需求的机器……所以，我尝试寻找这个问题的解决方法。我看见有些人被往事引起的悲伤吞噬，被记忆纠缠，使得他们无法体会幸福，即使后来的一切已经变得更好了。所以，我认为只要消除他们不好的记忆就行。于是，我决定制造"消除记忆水"，一种治疗悲伤的"遗忘精华"。

找到合适的配方是我从未遇到过的挑战。找到一种只作用于大脑中悲伤的记忆而不触及其他部分的化学反应，这是极困难的！当我开始研究这种化学反应时，人们认为我是危险的疯子，因此我明白了，我应该进行秘密研究。

可是，有什么比保守秘密更难呢？时间一年年过去，而我的研究进展像蜗牛爬行一样缓慢。这期间我遇到许多人，他们的过去在他们心中留下了深刻的印记。我无法回避这些人的诉求，最终告诉了他们我的研究项目，我希望有一天这个项目能够帮助他们。有些人愿意付出一切重新寻回生活的乐趣。他们给我留下地址，让我保证在"遗忘精华"研究成功后，一定要跟他们联系。他们还经常给我打电话，了解我的研究进展。我突然间有了压力，而这些人则有了新的希望。我不想让他们失望，我责怪自己让他们等待得太久了，因为他们都是急需重拾笑容的人。

人们都说，为了生存，我们必须吃饭、工作和睡觉，但他们却忘记了最关键的：我们必须活得幸福，生命才有意义！于是，我……

"我回来了！"

我被吓得差点儿犯了心脏病。我们痴迷于厄斯塔什曾舅外祖父的日记，以至于没有听到妈妈的脚步声。把日记本藏起来已经来不及了，妈妈的目光停留在日记本上，眼睛因惊讶而瞪得很大。

"这是厄斯塔什舅外祖父的字迹！"她叫道，"写的是什么？"

"这是他的日记。"泰莎坦白了。

妈妈显得很激动。她不再说话，就像声音临时出了故障，然后跟我们一样也在桌子边坐下。

我几乎可以听到妈妈内心的恐惧，她是多么害怕日记的内容，也许盘旋在她心中三十多年的疑问，在那里会有答案……我也可以感觉到，当妈妈对我们说她也不完全了解这栋老房子，也许我们可以告诉她一些故事的时候，她没有说谎。

"我们只看了开头，"我说道，"厄斯塔什曾舅外祖父在日记里解释了为什么要制造'遗忘精华'。"

"哦……"妈妈无意识地回应道。

她的语言能力似乎就此回归，她吞了吞口水接着说："他从来没向我认真解释过，也没向我的外祖母解释过。孩子们，我会让你们接着看这本日记的，但我要先看看。"她边说边伸出了手，"你们打开'舍弃的记忆博物馆'了吗？"

"还没有。"泰莎回答，同时将日记本递给她。

"你们去试试吧。在那里你们会看到寄宿者们曾经创作的东西。我肯定那些对你们之后再读这本日记会有帮助的。"

我们三个都站了起来，有些局促不安。妈妈看起来有些迟钝，被迷雾包围着。当我的思想被某些事情占据，让我变成"慢半拍的迪米火车"时，我也有这种表情吗？

"所以，"在泰莎寻找"舍弃的记忆博物馆"的钥匙时，达芙妮小声说，"你们的厄斯塔什曾舅外祖父治疗的疾病……是悲伤……"

"是的。"我回答，"你希望是其他疾病吗？"

"是的，"我们的朋友叹了口气说，"其实，我希望……"

达芙妮在找寻合适的词语，或者让她继续说下去的勇气，但她的话就在那里停住了。这时，恰好泰莎打开了"舍弃的记忆博物馆"的门，达芙妮走进了这个房间。

妈妈还在专心致志地看日记，我犹豫了一下，然后跟上了两个女孩儿。

总 结

那一刻我想到了爸爸和古埃及。有一次，他给我讲图坦卡蒙金字塔和这座金字塔被发现的故事。那不是第一座被破解秘密的古埃及陵墓，恰恰相反，之前古埃及学家在国王谷已经打开了许多陵墓。如果我没有记错的话，即使还有些线索，许多古埃及学家也放弃了寻找其他陵墓的想法。最终，只有一位古埃及学家经过不懈努力，终于找到了后来惊艳世界的图坦卡蒙金字塔的入口。爸爸给我看过那座金字塔的照片，里面有令人惊叹的宝藏，但关于那座金字塔的故事最激动人心的部分，是古埃及学家们将金字塔中的一扇扇门打开的过程。

"你知道吗，那个过程很神奇。那些学者知道没有什么能阻止他们前进，也知道他们即将看到的是令人难以置信的文物，"爸爸说，"但他们又不知道到底会发现什么……所以能够走进那样一个谜团中心，感觉就非常棒了！"

古埃及学家发掘金字塔就像我们探索这栋老房子一样。我们将这栋老房子里的门一扇扇打开，现在我们走入了这个一直未揭开神秘面纱的"博物馆"。这是倒数第二把钥匙，调查即将进入尾声。我觉得自己既渺小又伟大，甚至有些紧张。

"迪米特里，快来看这个！"泰莎在喊我。

这是个很大的房间，真的就像博物馆。那些寄宿者留下的作品都陈列在这里：装裱好的画作、雕塑、陈列台上或橱窗后的各种作品……它们都是灰色、黑色、白色的，也就是说没有色彩。虽然它们不会让人产生恐惧感，但很明显是令人悲伤的。

"这里真……奇怪！"达芙妮小声说。

"有的作品并不是很成功！"泰莎说。

的确，这里有些令人失望。我本希望能在这里找到某种宝藏，比如能跟图坦卡蒙金字塔中炫目的珍品相媲美的宝贝，而眼前这些东西却……

我走近一个人物泥塑。在仔细观察之后，我开始想象有关这个人物泥塑的信息。他拿着什么东西，也许是根圆头小棍子？也许是个烟斗？这就很难辨认了。我又看到稍远的地方有一幅拼贴画，像一辆胡乱拼凑起来的小汽车。达芙妮凝视着铃铛下面的红色蜡烛——这是整个房间唯一的色彩。

"舍弃的记忆……"泰莎一边思考，一边说，"也许这些象征悲伤的记忆，是他们想要抹去的记忆。"

"你觉得寄宿者是把这些记忆创作出来，收藏在这里，再去接受'遗忘精华'的治疗吗？"达芙妮问道。

"也许是这样的。"我猜测着说。

"你们的曾舅外祖父的确像个老巫师……"

"这个房间让我毛骨悚然，"泰莎承认，"这些作品跟那些珍藏在相册里、看起来大家都很开心的照片，给人的感觉完全不同。"

"我不能确定他是否真正帮助了这些人。妈妈还记得她的父母吗？"我提出自己的看法。

女孩儿们看着我，不知道如何回答。

"很快我们就可以了解一切了。"泰莎说，"我们还剩下最后一把钥匙……"

"还有日记要看！"达芙妮补充道。

三十六把钥匙，我们成功打开了三十五扇门，这可是个了不起的成绩！现在只剩下一扇门了。我真的希望一切就此结束吗？反正假期还没有结束呢！即使这栋老房子里有各种游戏，有许多活动可以尝试，但在我们打开所有的门以后，这趟探秘之旅会不会变得特别无聊？还有达芙妮……她还会对我们感兴趣吗？

这里像个很神圣的地方，我们不敢高声说话。我继续在这个房间浏览，观察这些悲伤的作品。我的脑子正在以每小时一百公里的速度运转，分析前三十五把钥匙为我们解开了多少疑惑。这就像一个大拼图，现在整个拼图只缺一片，我们已经对整个画面有了比较全面的了解。于是，我开始做总结。

第一，厄斯塔什曾舅外祖父间接参与了战争。他之前没有这种意识，在战争结束后才发现自己发明的东西摧毁了许多生命。

第二，当一切结束后，他了解到战争给人们的身体和精神造成了严重创伤，而且这些创伤不会随着停战协议的签署而消失，因此他更加责备自己。

第三，他决定制造机器和一套医疗系统，其中包括"遗忘精华"，目的是为那些被悲伤困扰的人抹去不好的记忆。

第四，许多人来这里生活过，接受他的治疗，并感谢厄斯塔什曾舅外祖父，甚至给他寄来明信片，希望再回到这里生活更长的时间。

这就是所有真相吗？如果那些寄宿者已经痊愈，为什么还会创作出这些令人沮丧的作品呢？为什么会在明信片中表达还想再回来的愿望呢？明信片里提到的，厄斯塔什曾舅外祖父不应该相信谁？妈妈的记忆呢？厄斯塔什曾舅外祖父没有征求她的同意就让她忘了自己的父母吗？或者她仍然记得他们？还有，最后一个房间里存放的记事本又记录了什么呢？

"这里的气氛很奇怪，不是吗？"妈妈的声音打破了沉寂，就像一块玻璃突然碎成了千百片。

"寄宿者们都有很沉重的心理包袱，"妈妈接着说，"他们在旁边的创作厅里将自己想忘记的东西创作出来，然后在这里陈列。"

"这是在使用'遗忘精华'以后的行为吗？"泰莎小声地问道。

妈妈没有回答泰莎。当她的声音再次响起时，我发誓我们仍没有发出任何动静。显然，她很激动，我们都吓坏了。我不知道我们在害怕什么。害怕妈妈哭泣吗？其实那也不是很糟糕，即使我们没有安慰大人的习惯。

"我检查了厄斯塔什舅外祖父的所有相机，"妈妈说，"只有一台相机里有底片。很幸运那是一张黑白照片的底片！如果是彩色照片，我只能把底片冲出来，但不能洗照片，那个技术太复杂了……现在我应该可以搞定。"

"太好了！"我声音略显低沉地说，"冲洗照片需要很久吗？"

"我很多年前就不再冲洗照片了。"妈妈回答，"我会慢慢来，以求不出错，明天下午应该可以完成。"

她的目光看向我的身后，眼神迷离，然后她转身离开了。我很少看到妈妈受到如此强烈的触动的样子。她跟我一样，经常心不在焉，但现在她完全迷失了。

"我把厄斯塔什舅外祖父的日记本放在那边的桌子上，你们可以接着看，然后我们再来讨论……"在即将走出房门的时候，妈妈这样说。

我转过身，想看看那幅汽车图案的拼贴画。我又一次走近它，终于在它的右下角看见了一个很小的签名——玛德。

24

谎言

　　"舍弃的记忆博物馆"让我们感到不适，于是浏览了一遍后我们急匆匆地关上门，走了出去。我在心里问自己："妈妈能这么快看完那本日记吗？毕竟它有那么厚，又写得密密麻麻……"

　　"我们来总结一下吧！"泰莎说。

　　"我刚刚已经做了总结。"我带着一丝疑虑回答。

　　达芙妮和泰莎不解地看着我。如果我们能直接听到对方内心的想法，那该节省多少时间哪！总之，终于有一次，我的反应抢在了别人前面。

我的总结很简单：我非常肯定，我们需要的答案都在日记里。于是，我把自己的想法告诉了她们。

泰莎听了我的想法后叹了口气，说："所以，我们按妈妈说的做吧。"没能按自己喜欢的行事风格做事，让泰莎很失落。

我傻笑着点了点头。达芙妮似乎被我的样子惊吓到了，或者说她至少一直用温柔而赞许的目光盯着我。这让我非常满足并继续傻笑着。

泰莎皱着鼻子盯着我——这就是她对我无声的嘲笑——然后她将日记本翻到我们之前停下的那一页。

人们都说，为了生存，我们必须吃饭、工作和睡觉，但他们却忘记了最关键的：我们必须活得幸福，生命才有意义！于是，我第一次决定邀请八个人。他们是最迫切需要来到这里的。我邀请他们下个月到尚特卢布，这样我还有时间做准备工作。

他们都来了。那是三个星期之前。

一切准备就绪：房间、机器、装满"遗忘精华"的玻璃瓶。我制订了详细的规则：每天使用机器十分钟，即机器演奏音乐的时间。一天只需要十分钟，这很短暂，所以必须让他们在剩下的时间里有事可做。

第一天，我的八位客人跟我花了许多时间互相认识。我们一起散步、做饭、玩耍、讲述各自的生活。

第三天，他们对我说，感受到了"遗忘精华"的初步效果：他们都没有忘记自己的不幸，但感觉好多了。我非常吃惊。

因为这天下雨，我提议带他们去看看用来制作泥塑和其他艺术品的创作厅，如果这样能让他们解闷的话……他们立刻表现出很高的兴致。我看到他们顿时充满了能量，就好像前一天我们之间产生的关联和他们刚刚找到的那么一点儿舒适感，在他们的脚底装上了弹簧。于是，第一个星期三就在这栋房子里的各处愉快地度过了：创作厅、图书室、有着各种好闻气味的厨房……

我的客人在我眼前变化着。在进行了三次十分钟的"遗忘精华"治疗后，他们似乎重新找到了生活的乐趣。这真是令人难以置信！

这天晚上我没有睡着，我一直在思考，脑子里不停地重复回放这些天发生的一切，直到一个想法逐渐成形。

星期四，我对我的客人说，如果要让"遗忘精华"

发挥效用，还必须做一些补充练习。我给他们每个人发了一支笔和一个记事本，让他们将自己想舍去的记忆记录下来，以便能真的将这些记忆留在这里。他们用惊讶和不确定的眼神看着我，于是我告诉他们，写多少内容由他们自己决定，可以只写一行字，也可以写满整个记事本，而且在他们离开那天必须将记事本交给我，这样我就可以把他们的记忆锁进一个房间，不被任何人看到，我自己也不会看。

他们答应了我的要求，但他们刚刚重拾的快乐也暗淡了许多。

我还以为我毁了一切。

日子一天天过去，直到第二十一天，跟他们说再见的时候到了。当他们对我说出下面这些话时，我非常激动："厄斯塔什，我们以为你会将我们撕裂，将过去的记忆变成一个黑洞，让我们变得蠢笨。但是，你做的一切简直太神奇了。我们还是完整的、无损的，那些记忆并没有完全消失，但噩梦不在了。我们不再被痛苦、恐惧、悲伤包围。我们重新找到了生活的乐趣。也许你还可以再做一些改进，然后就能创造奇迹了！"

他们就这么离开了。他们被改变、被治愈，放下沉重的心理包袱，做好了重新迎接幸福的准备。

我们重新开始呼吸，因为在这之前我们都不自觉地屏住了呼吸。太令人难以置信了！我们终于知道了在这里发生过什么事情！厄斯塔什曾舅外祖父成功地发明了一种"遗忘精华"，它只作用于痛苦的记忆。第一版"遗忘精华"也许还没有完全成功，但他肯定进行了改善，因为后来又有许多人来到这里，看看那些相册和记事本的数量就知道了。他完成了不可能的任务，他帮助了那些人，包括妈妈！

泰莎接着看后面的日记内容，但她的脸色变得越发苍白。

我在楼梯前站了很长时间，双手垂在身旁，开始大哭。因为我是最拙劣的骗子。我只是在装"遗忘精华"的瓶子里装满了普通的水。

我编造了假的配料清单贴在瓶子上……这就是我的天才发明吗？

我让八个人相信我在治疗他们，即使我竭尽全力也没有找到正确的配方。

我辜负了他们的信任。

我没有勇气取消对他们的邀请。

我没有勇气承认我的谎言，因为就像奇迹一般，这一切比我想象的还要顺利。

泰莎沉默了。她慢慢地从日记本中抬起眼睛，嘴巴半张半合。我们三个互相看着对方，泰莎刚才读的日记让我们感到震惊。这怎么可能？这些房间，这些寄宿者，原来都是一场空谈？

"这一切都是骗局？"泰莎难以置信地说道。

沉默。话语拒绝从我的嘴里蹦出来。

这时，我想到藏在二楼房间里的几百本相册。厄斯塔什曾舅外祖父向多少人推荐过那些虚假的"遗忘精华"？我仍然不敢相信真相竟然是这样的。我原本很信任这个故事！甚至在一分钟之前我还坚定地相信这一切！但是，这栋温馨的老房子也许只是一个巨大的骗局！

泰莎和我都惊呆了，而达芙妮一直在绞着手指。

"他肯定不知道怎么停止这个谎言。"达芙妮说，"你们知道……"

她的话没有说完。我以为她只是停顿一下，但我猜错了。达芙妮的嘴巴仍半张半合，没有再说出任何话语。

"怎么了？"泰莎冷冷地问。

我们的朋友脸红了。我突然感受到那种因尴尬想立刻变成一摊水，消失在土壤里的感觉。我敢肯定，现在达芙妮就是这么想的。在内心深处，我从一开始就知道她向我们隐瞒了一些事情。为了对自己诚实，我必须承认，我挺喜欢达芙妮，我希望她的秘密是她也喜欢我。可是，从我们第一次交谈起，她的眼睛和声音里就充满了恐惧和谎言。她隐瞒了让她悲伤的事情，而且这件事情在我们相遇之前就发生了，因此达芙妮的秘密不可能与我有关。

"没什么，"达芙妮小声说，"继续读吧……"

我本想说"等等"，我本想说"有时候我们的确不知道怎么走出谎言，但越等情况就越糟糕。所以，达芙妮，如果你有秘密就要说出来，现在告诉我们吧！"但是，我没有说话，因为泰莎已经重新开始念日记了。

1974年5月23日，星期四

在八位寄宿者住宿期间，我一直在猜测他们什么时候会发现这个骗局，以及他们接下来会怎么对待我。现在承认这是个骗局太晚了，我就像坐在一辆正在下坡路上俯冲的小车里，除了坚持到底没有别的选择。

三个星期过去了，他们没有像我以为的那样做出反应。他们从头至尾都很信任"遗忘精华"。

我非常后悔欺骗了他们。

可是，他们从这里离开时都带着笑容，状态比来的时候好多了！

我应该怎么做呢？

分 裂

1974年5月26日，星期日

我开始重新思考，并在脑子里梳理所有事情。今天，我将所有房间都上了锁，也锁上了阁楼的门，强迫自己不再去那个工作间。要结束了，一切都要结束了！再也不要这样的谎言了！

欺骗这八个人让我很羞愧，但我又很自豪地看到，他们在离开时比以前开心多了。羞愧和自豪交织在一起的感觉非常奇怪。

但是，我真的在其中扮演了什么角色吗？或者只是命运给了我一个机会，而这个机会又让我延续这种命运？我不能太过分，我应该埋葬所有谎言和"遗忘精华"这个荒谬的计划。我不应该夺去某些人的记忆，我的计划是那么愚蠢。被洞穿了灵魂的人怎么可能生活得更好呢？然而，我的八位客人向我证明了，事实并非如此：他们在这个团体互相交流，享受房子里的宁静，他们接纳了自我，从他们自己的希望、笑声里得到温暖。这一切让那些不好的记忆被压缩，直到不再占据内心、退到幕后，变成可以与他们共存、能让他们正常生活的记忆。我确实参与了这个过程。所以，他们能够重新找回幸福，我是有贡献的，这让我得到了一些安慰。

1974年6月20日，星期四

我的八位客人向周围的人讲述了他们在这里的经历。我接到一些电话，有些人想来尚特卢布寄宿并试用"遗忘精华"。我应该怎么办呢？承认自己在说谎吗？拒绝其他人利用我的"新发明"吗？我迷茫了。我含糊其词，拖延着，对他们说晚些时候再回复。但是，我的电话在不停地响起。

1974年6月22日，星期六

连续失眠。

1974年6月23日，星期日

失眠。

1974年6月24日，星期一

失眠。

1974年6月25日，星期二

我累极了。拔掉了电话线。

1974年7月8日，星期一

妈妈来找我，因为她联系不上我。她逼着我重新接通了电话。我想向她讲述这一切，但我没有勇气。啊，我该怎么办呢？

1974年7月12日，星期五

电话重新响起，我又失眠了。各种想法在我脑子里不停地出现，只要我不做出决定，它们还会一直出现：离开尚特卢布让一切停止，还是……

1974年7月21日，星期日

早晨，我从钥匙串上取下钥匙，将它们重新放在为客人准备的九个房间的门锁上。有些绝望的人给我打电话，他们相信我可以帮助他们。既然我成功了一次，我就要再试试。所以，我做了决定——"遗忘精华"将重新投入使用。

1974年8月16日，星期五

我买了许多记事本和圆珠笔，还买了许多室内和室外的游戏设备、相机底片。八位新的寄宿者下个星期一就会到来。

1974年11月18日，星期一

寄宿者来了一批又一批，当他们离开时，状态都比以前好多了。看到他们重新找回笑容，我非常开心！也许"遗忘精华"不是失败的发明。寄宿者在这里度过了美好的时光，我给他们拍的照片、我们之间的交流、他们在记事本上的倾诉……这些都向他们展现了真实的自己。事实上，正是这些治愈了他们，让他们重新找回了内心的宁静。是的，这才是我的重要发现：不应该夺走对他们造成伤害的记忆，而应该让他们重新找回被这些记忆掩盖的部分，也就是那些愉快的记忆。即便如此，我还得继续使用我的小骗局：每天十分钟的"遗忘精华"治疗，因为一切都是这样开始的……我知道"遗忘精华"不是药物，但寄宿者对我的机器和"遗忘精华"寄予了巨大的希望和信任……

1976年9月27日，星期一

从第一次到现在，我已经接待了两百位寄宿者。两百次难以置信的相遇，让我跟他们一样得到了治愈。我有权利开心吗？

1983年3月9日，星期三

有时候，生命会给我们开奇怪的玩笑。我的外甥孙女玛德，她有着红红的脸庞和流不尽的泪水。帮助她是我从来没遇到过的挑战。

1996年4月11日，星期四

我七十八岁了，但我觉得自己只有三十岁。我本可以继续……

成百上千的人来尚特卢布接受治疗。我记得所有人的名字，我记得他们向我讲述的每一个故事，因为我的寄宿者们虽然都用笔倾诉，但我们也在一起交谈过很多。

一千两百三十六位病人。

一千两百三十六位寄宿者。

一千两百三十六位朋友。

说起来很奇怪，他们都是我的"遗忘精华"。跟他们的相遇、我们之间的友谊，治愈了我的羞愧、我的内疚，至少治愈了一部分吧。

一切都会在今天结束，从开始到现在已经二十二年了，再不会有第一千两百三十七位寄宿者。

三个月前，警察来敲我的门，因为有人举报了我。报纸上说我是骗子、疯子，他们控告我非法行医，并说"遗忘精华"是骗局。幸好我从来没有使用过危险的产品，从来没有让别人支付过医疗费用，从来没有做任何治愈疾病的承诺或其他诸如此类的事情。一些寄宿者作为证人，证实我们的友谊，以及与"遗忘精华"相关的一切都是无害的。我明白了，他们当中的一些人早就知道了我的谎言并原谅了我，而其他人仍坚定地相信"遗忘精华"，否认显而易见的真相。我没有被判定有罪，但我的"遗忘精华"必须停止使用了。

也许这样更好吧。我的一千两百三十六位朋友跟我继续用信件联系。世界上有谁能说自己有这么多朋友呢？我一直在责怪自己，但我从来没有后悔过。如果一切重来，我还会做出相同的选择。是的，"遗忘精华"并不存在，但互助和友谊是真实存在的，是它们将我们从悲伤中拯救出来。

"接下来的日记。"泰莎说，"他讲述了每一位寄宿者。"

"所以，这本日记会这么厚，而且妈妈也不用全部读完。"我边思考边说出自己的想法。

泰莎点头表示赞同。我看见她用余光仔细观察达芙妮渐变的脸色。

"我不知道怎么评价这些日记。"泰莎接着说，"这太奇怪了。厄斯塔什曾舅外祖父本想帮助那些人，但他却辜负了他们的信任。我不喜欢谎言。"

达芙妮吓了一跳，她发现泰莎说这些话的时候一直在观察她。

"现在你可以向我们坦白了，"泰莎用生硬的语气说道，"我已经明白了，你家里没有人生病。以前厄斯塔什曾舅外祖父还住在这里的时候，你家里有人在这里寄宿过。你一直在利用我们，以便探知这里发生过什么。是你的家人举报了他吗？"

达芙妮的眼泪夺眶而出。

"不是，不是！"她叫喊着，"你错了！再见，我要走了！"

她站起身向外面跑去，就像后面有怪物在追赶她。但是，泰莎和我都没有动。泰莎突如其来的指控让我惊呆了，而泰莎则在思考达芙妮的反应代表着什么。她后悔了？还是在幸灾乐祸？我不知道。突然，我觉得自己与达芙妮完全脱节了，我们之间的联系突然被大斧斩断了。

"你为什么要这么做？"我愤怒地问道。

26

烛光晚餐

晚饭时，妈妈将桌子布置得像节日晚宴时一样：餐巾纸被折成扇子形状插在玻璃杯里，彩色小碗里的薯片、橄榄、樱桃、番茄作为前菜，蜡烛被放在小碟子里以免烛油落在桌布上……最重要的是，菜单上有烤鸡和炒土豆。理论上，这里就像天堂一样美丽。但是，我没办法开心起来。

"你做出了'伤心迪米'的表情，"泰莎用责备的语气说，"我知道你在责怪我，但达芙妮会回来的！她最好把一切都告诉我们，我不喜欢被人当成笨蛋。”

"我肯定她不是针对我们的。"我小声说，"我们甚至不知道她是不是有秘密，也许一切都只是错觉。"

"我的预感跟福尔摩斯一样准确。"泰莎反驳道，"我告诉你，她就是在说谎，像厄斯塔什曾舅外祖父一样。"

妈妈刚走进餐厅，她挑眉坐下。我非常不希望她参与到我和泰莎关于达芙妮的争吵中，于是我狠狠地瞪着泰莎。泰莎却把我的示意理解成不要浪费时间。

"妈妈，你知道一切，是吗？"泰莎问道，"关于'遗忘精华'和厄斯塔什曾舅外祖父所做的事情。"

妈妈点燃了蜡烛。她给我们倒上喝的，把薯片、橄榄、樱桃和番茄拿近了些，就好像在一场长途跋涉之前，要确定我们有足够的物资储备一样。

我们似乎等待了很长时间，几乎认定妈妈不会回答这个问题。我们都沉默着，观察妈妈的每一个动作。妈妈终于开口了："正如你们知道的，我的父母在我小时候出了车祸，这让我陷入无尽的痛苦中。那时候我真的认为自己很不幸。我的外祖母悉心照顾我，但我仍郁郁寡欢。我每晚都做噩梦……总之，那是一段艰难的时光。"

我坐在椅子上不敢动弹，好像发出一丁点儿动静，都是对妈妈的不敬。

"外祖母将我带到这里，"妈妈接着说，"厄斯塔什舅外祖父对我说，他会尝试抹去我不好的记忆，治愈我。我不会失去记忆，但我在想到我的父母时不会再感到难过。你们看到照片上的厄斯塔什舅外祖父了吗？那时候的他可不是养老院里那个老态龙钟的老爷爷，他是个很有存在感的高大男人。他的声音浑厚、深沉，眼神很有穿透力。他盯着别人的时候，会让人内心慌乱。总之，这么自信的人很难让人不信服，更何况我才六岁，即使成年人也会被他震慑！"

我很喜欢妈妈说"总之"，因为这能让我在她讲述的故事里找到一个标志或一个"救生圈"，让自己不会迷失。

"我发现其他人也会来这里。我们在一起生活了三个星期，每天进行十分钟的'遗忘精华'治疗，剩下的时间就是一起创作、玩耍、大笑、在日记里提到的记事本上做记录……我也经历过这些，我知道这里就像一个幸福的蝉蛹，是个能够让你跳出时间、逃离世界的花园。在这里，人们仿佛将时钟调到了合适的时间，之后再重新回到现实生活中去。我以为'遗忘精华'治愈了我，因为当我离开这里时，再也不会一睁开眼就想哭，再也不会做噩梦，而且做好准备在外祖母的帮助下继续生活下去……我曾经有过多次被难过的往事纠缠的经历，我觉得很难过。每次我都会来到这里一段时间，这会让我感觉好一些。"

泰莎无意识地轻轻点了点头。

"成年后我才明白，根本不存在什么'遗忘精华'。那些透明的、没有味道的液体就是水。那时候我二十岁，在大学学习心理学，后来我放弃了这门学科，成为室内设计师。因为几年的大学生涯足够让我认识到，是那栋老房子、那段通过诉说或写作倾诉心事、自我安抚心灵的时光帮助了那些人。当时，我非常愤怒。厄斯塔什舅外祖父是个骗子，他欺骗了那些人，心存侥幸地治疗他们，事实上还有许多更专业的人可以帮助他们。这简直是胡闹！当然，我自己也有足够的经历证明这里是没有危险的，这让我好受了一些。说到底，对于尚特卢布的寄宿者来说，这里的时光就像给人带来益处的假期。我看见许多人从这里离开时，表情是那么幸福。事实上，天才的发明者的确失败了，但厄斯塔什这个人比他的机器成功多了。"

妈妈停顿了一下。此时，我愿意付出任何代价打破这段沉默。

"但是，"她接着说，"这个谎言很容易被揭穿……突然我开始有了疑惑，我猜测厄斯塔什舅外祖父相信了自己的谎言。他肯定知道自己在玻璃瓶里装的是水而不是什么精华。但是，他的许多寄宿者都觉得自己被治愈了，也许他也觉得自己的机器和药水是有用的？我没有勇气问他真相如何。他修复了我破碎的心，所以我不能让他伤心，不是吗？我只把这个秘密告诉了外祖母。她原本是那么相信自己的哥哥，因此当她知道真相后非常激动，甚至为此感到害怕。人们都在说，她的哥哥发明的药水治愈了许多人，但没有任何许可证明，因此是非法的……如果有一天他的病人没有在尚特卢布得到好处而去举报他呢？趁着还没有人举报她的哥哥，外祖母决定立即停止这场荒唐的闹剧。但是，她不愿意直接去跟她的哥哥交流，以免伤他的心。"

泰莎惊讶地睁大了眼睛："你是说……"

我正在分析这一大堆分量十足的信息。我想到了后续的事态发展，正如泰莎也想到的，于是我向她投去胜利的目光。

"是的。"妈妈说，"我的外祖母举报了她的哥哥。她寄了一封匿名信，抱怨老房子里总是很吵闹，而且有很多人来来往往，场面很奇怪。她之所以写这样的匿名信，是因为她提前打听过，知道这样做只是警告，不会对她的哥哥造成实质性的惩罚，好让他在事情变得难以收场之前结束这一切。结果，调查还是有一些发现的。她非常害怕自己做了蠢事，但她认为这是为了保护她的哥哥。总之，我们以为自己在做好事，而……"

我重新调整呼吸。

"跟你们一样，我在日记里了解了许多事情，"妈妈接着说，"比如，为什么厄斯塔什舅外祖父在'遗忘精华'尚未完成的时候就开始接待寄宿者，为什么他继续做这件事情，以及他知道自己在说谎。我相信，他从头至尾都是出于好意。他想让心灵受伤的人重新好起来。"

"是的，"泰莎沉思着说，"无论如何，厄斯塔什曾舅外祖父都是个了不起的人物。"

妈妈点点头。餐厅里出现了几秒钟的沉默。

"今天下午我在照片冲洗室里试了一下，"妈妈又说，"我很快就记起了冲洗照片的所有技术。明天我就可以将照片冲洗出来。"

"还有一扇房门要打开呢！"我提醒她们。

"我从来没有进过那个房间，但我认为记事本应该是被收藏在那里的，"妈妈说，"如果你们愿意，我们可以一起去。但是，我不希望你们翻阅那些记事本。"

"那里有你的记事本吗？"泰莎急忙问道。

她也许跟我一样，已经意识到妈妈的悲伤也跟其他寄宿者的自述一样，被关在了那个房间里。

"是的，我从十四岁开始在记事本上倾诉心声，那时候悲伤的往事又一次袭扰我，让我非常难过，所以我回到了这里。这也是我不想让你们翻阅其他寄宿者的记事本的原因。如果有陌生人看了我的记事本，我知道那是什么样的感觉。"

"妈妈，还有一些事情没有解决。"我说。

我缓慢地说着。桌子上的蜡烛渐渐熔化成蜡油，让本就不愉快的气氛更添了一丝令人沮丧的味道。也许这跟妈妈想营造的气氛正相反……

我打算拿出我的记事本，现在是解开所有谜团的时候了。泰莎什么也没说。这是第一次，我看到她跟我一样，在长时间等待，什么也不做，以便让其他人做出决定。

"在这里，"我取出记事本，"我们在阁楼里找到了这些照片。我们觉得厄斯塔什曾舅外祖父是故意瞒着你的！"

泰莎站起身来到妈妈身后，将双手放在妈妈的肩上。我将照片摊在桌子上。妈妈脸上露出吃惊的表情，然后展现出一个悲伤的笑容。

"我来给你们解释吧。"她说。

27

沟 通

第二天早晨醒来的时候，我仍记得夜里做的那个梦。我把梦像看电影一样在脑子里回想着，免得忘记了什么。

在梦中，我们一直住在厄斯塔什曾舅外祖父的老房子里。爸爸穿着白大褂儿、头上顶着泳镜，从阁楼上下来。他对我们说，妈妈不能见我们，因为她想把我们忘掉。泰莎和我哭得很伤心。泰莎拉开窗帘，窗帘后面的一块板子上有许多字母在旋转，这显然是一种密码，需要破解。泰莎边抽泣边旋转旋钮，最后板子上显出一句话：一切都是达芙妮的错。这是正确的密码，因此壁柜的一扇门打开了。达芙妮非常愤怒地从里面走出来。她对我们喊："我要喝下一整瓶'遗忘精华'来忘记你们！"

这太可怕了！我转身找爸爸，让他去说服妈妈和达芙妮不要忘记我们，但爸爸消失了。这时，场景转换到了厨房。在本该是爸爸的位置上站着厄斯塔什曾舅外祖父，他拿着一只鸡准备放进烤箱里。突然，我感到非常愤怒。我大喊道："冰箱里没有蛋黄酱了，我们不能在这种情况下吃烤鸡炒土豆！"

泰莎表情沉重地点了点头。她拧开洗碗槽的水龙头。我波澜不惊地看着妈妈从水龙头里钻出来，她左手拿着番茄酱，右手拿着芥末酱。爸爸也出现了，他提议收养达芙妮，因为达芙妮的家被蛇占领了。妈妈回答："这很简单，不过我要等泰莎做决定。"

泰莎从一个抽屉里拿出一只母鸡，向大家宣布："如果我们有足够的耐心，就可以等它下一个蛋来做蛋黄酱。"我们都点了点头，然后一边吃着相机，一边等待着。

好吧，如果我们想从这个梦中得到一些提示或找到一点点意义的话，显然这个梦太荒谬……但是，在梦里经历了比现实中更疯狂的事情，这让我感觉舒服了一些。

几分钟后，泰莎把我从床上拉起来，她觉得我起得太晚了。

"站起来，'赖床的迪米'！今天我们有很多事情要做呢！"

"是吗？"我喃喃地说。

泰莎翻了个白眼，好像有我这样的哥哥让她非常恼怒。

"我不能忍受你这样沮丧。"她说，"我知道我也有错，所以我们要一起骑车去看看达芙妮。"

泰莎的这句话让我立刻挺直了身子。

"我们还得给爸爸发一封电子邮件，把知道的一切都告诉他！今天下午我们还要看看厄斯塔什曾舅外祖父的最后一卷底片……"

"好的，我马上穿衣服，两分钟就好！"我连声答应道。

妈妈正在厨房里。在昨晚做了那个奇怪的梦以后，我特别想走向她。

我给了她一个大大的拥抱。

"怎么了？"妈妈惊愕地问泰莎。

我确实很多年没有拥抱过妈妈了。

"别管他，他爱上了达芙妮，这让他变成了'爱心熊'。"泰莎回答。

我一边反驳，一边大口嚼着巧克力面包，这样我就不用空着肚子去找达芙妮了。

"你们跟她和解了吗？"妈妈问道。

"还没有，"泰莎说，"我得改正我的错误，从而挽回我们的朋友。"

二十分钟后，我们走出了庄园。今天天气很好，甚至有点儿热。太阳照在我的皮肤上，一点点消除了我从梦中醒来时身上泛起的冷意。

我们先是围着农庄转了转。这里仍是令人惊讶的静默，我们能听到小碎石在车轮碾过时发出的噼啪声、小鸟的歌声和远处的狗吠声，但没有任何人类生活的喧闹声。我们几乎要怀疑自己是否刚刚降落在月球上了！

总之，我们没有看到达芙妮。

我们向她的家走去，在她家前后左右看了一遍……没有人，甚至没有车。窗帘被拉上了，我们没有办法看到屋子里面。因此，如果我们想见到她就必须按门铃。

"她不会喜欢我们这么做的……"我警告泰莎。

泰莎看起来有点儿犹豫。

"可我们没有别的选择。"泰莎说。

我们当然有别的选择，毕竟我们可以选择什么也不做，但这可不是泰莎的行事风格。当她按响门铃时，我感觉自己的心跳有点儿快。我真的很怕当达芙妮看见我们站在她家门前时会更生气。漫长的两分钟过去了，没有动静，我开始恢复平静的呼吸。看来达芙妮家没有人。

"真倒霉！"泰莎叹了口气，而我想的却是"这真是太好了"。

"我们回去吧，还要给爸爸发电子邮件呢！也许达芙妮会来找我们。"

"好吧……"我开始思考怎么把所有的事情都写在一封电子邮件里讲给爸爸听。

这似乎挺复杂的。在回去的路上我设想着电子邮件的开头应该怎么写，但当我们坐到电脑前，我觉得那些想法都不合适了。尤其是在妈妈向我们解释了她父母的照片为什么被藏起来之后，我更犹豫了。应该由我们告诉爸爸，还是让妈妈告诉他呢？其实，我有点儿生爸爸的气。当泰莎问妈妈，爸爸是否知道这一切时，妈妈说她没有特意隐瞒，但爸爸从来没有问过这些敏感的问题。所以，十几年来，她从来没有机会把她的父母的秘密告诉爸爸。

"他去世界各地做研究总是那么兴致高昂。"泰莎愤怒地说，"但是，他对自己的家庭一点儿也不好奇吗？"

"不，不是这样的，"妈妈回答，"他担心那些悲伤的记忆给我带来伤害，而我总是等着他来问我，所以我们什么都没有说过。只有你，泰莎，在这个家里只有你会不管不顾地说出一切。"

妈妈笑了。我相信，在她知道我们发现了这个秘密之后，会感到轻松。因为，一直以来，她都没有跟爸爸分享过这些悲伤的往事，她的心里有很重的包袱，像压了一块大石头。除了泰莎，我们家人对待这件事情的方式真是太糟糕了。

"是呀！"我一边思考着，一边对泰莎说，"你这个'聒噪独裁者'的性格既不是来自妈妈，也不是来自爸爸，它来自哪里呢？"

"嗯，当然是你啦！"泰莎态度鲜明地回应道，"你总是等着我做决定，是你把我训练成了世界的主宰。"

"我创造了一个魔鬼！"我睁大眼睛叫道。

我们两个开始狂笑。这让我感觉舒服多了！然后，我开始给爸爸写电子邮件。

爸爸：

你好！

我们有很多事情要告诉你。厄斯塔什曾舅外祖父的老房子里共有三十六把钥匙。我们使用了三十五把，也知道最后一把钥匙是用来打开哪个房间的。但是，随着我们打开越来越多的房间，我们无意中找到了许多被钥匙锁了很久的东西。那些东西都藏在妈妈心中的小小角落里。我们会向你解释的。

接着，我们事无巨细地向爸爸描述了我们的每一个发现，以及随之而来的每一种情绪，包括愉快、悲伤、惊讶。

我写完这封电子邮件后，就跟泰莎一起来到柳树下休息。不过，在这里我们发现了一样东西。

"应该是她离开时把这个拿走的，我们那会儿还在厄斯塔什曾舅外祖父的办公室里忙活呢！"泰莎抱怨着，"她假装离开之前要去趟卫生间，鬼才信！"

原来，在柳树旁放着一瓶"遗忘精华"，瓶子上贴着一张写着"对不起"的便利贴，签名只有一个大写字母D。其实，我们猜测那是字母D，但写得很糟糕，更像是O。我看到过达芙妮手腕上的字母D，所以在我看来，这个签名真的很糟糕。

"在我们没有看到日记的时候，她真的相信瓶子里的液体可以治疗严重的疾病，看来她的家人真的得了很严重的病。"我说。

我的话让泰莎的情绪缓和了一些。

"肯定是这样的，可为什么她总是让人感觉神神秘秘的？"

我无法回答这个问题。达芙妮偷了这个瓶子，但我们好像都不为此生气。

我们明白，达芙妮肯定是救人心切才这样做的。她是那么悲伤，我们应该让她在老房子里住一段时间，我想那样会让她的心情好一些。

"希望她还会来找我们。"我喃喃地说。

最后的照片

这天，妈妈把自己关在照片冲洗室很长时间。她出来的时候，下午已经过去了一半。她看起来很满意，也很激动。这些情绪当然跟她右手拿着的一小沓照片有关。泰莎围着餐厅的桌子边跳边唱，说我能想到检查相机里的底片，真是个天才。这的确让我很得意，但泰莎突然爆发的能量实在不合时宜，因为这是很重要的时刻，既严肃又神圣。最终，妈妈还是被逗笑了，泰莎也回归正常。

妈妈将照片按顺序放在桌子上。我不知道会在照片上看到什么。物品？风景？人物？但都不是。厄斯塔什曾舅外祖父拍摄的是他在白纸上写下的文字，它们被隐藏在一卷底片中。

"虽然是写给我的，但你们可以看。从这里开始。"妈妈指着一张照片说。

于是，轮到我们变得激动了。泰莎不再扭来扭去，她带着羞涩的微笑仔细看第一张照片，而我则觉得自己的喉头发紧。

亲爱的玛德：

现在你生命中的一小部分记忆已经属于这栋老房子了，但是有一天，这栋老房子将属于你。因为那时候我已经太老了，不能在这世上继续前行，承受更多生活的起伏了。

我的目光转到第二张照片，然后缓慢又迫不及待地转到后面的每一张照片上。我不愿错过每一个文字，我想要理解每一句话，但又急切地想看到完整的留言。

所以，将来会由你决定那个放满记事本的房间的命运，包括房间里所有的秘密。那个房间也拥有你的一段记忆，还有谁比你更清楚应该怎么做呢？

我还要把几件我认为重要的事情告诉你。我活着的时候没有勇气当面告诉你，所以我寄希望于你的好奇心来发现这栋老房子的秘密，以及最后的留言。

我为我的懦弱感到遗憾。我没有勇气承认自己的谎言，也没有勇气把你父母的照片还给你，即使你现在已经不再痛苦了。

也许我让你失去了重要的东西，但那是因为我害怕伤害一颗被修复的心，即使你看起来已经很坚强了……对不起，我不知道怎么面对这样的风险。

我相信你一定会找到这些照片的。

我相信你能让这栋老房子焕发生机。这一次，没有谎言。

还有最后一件事情。我最终明白了，无论好的还是坏的记忆，都不应该被抹去。我们应该继续为记忆的天平加上砝码，让记忆更温馨。

你知道我爱拍照。这也许是因为我在内心深处喜欢那些记忆，喜欢为生命中美好的事物保存痕迹。那些记忆才是重要的，值得让我们投入更多的精力。

你也会这么做的，对吧？

在保存记事本的房间里，我为你和你的家人留下了一件礼物。希望你们会喜欢。

给你大大的拥抱！

厄斯塔什舅外祖父

我想起前一天晚上妈妈对我们说起的事情。她的父母去世以后，她是那么绝望，以至于每次看到他们的照片，她都会声嘶力竭地大喊大叫，还会拍打墙壁直到手上流血。她的外祖母不知道怎样才能让她平静下来。更麻烦的是，妈妈不停地要求看这些照片，因为她思念自己的父母，但每次看到照片都会引起可怕的情绪反应。最后，她的外祖母只好请自己的哥哥出主意。

厄斯塔什曾舅外祖父认为，应该将这些照片藏起来，即使妈妈想看也不能拿出来。他邀请妈妈作为寄宿者去尚特卢布住几个星期。慢慢地，妈妈的情绪平静下来。有一天，厄斯塔什曾舅外祖父和曾外祖母试着将照片还给妈妈。可是，妈妈表现出极大的愤怒，撕毁了许多照片。她对他们叫嚷，说以后再也不要让她看到这些照片。

妈妈认为这些照片一直被藏起来，都是自己的错。她长大以后再也没有要求看这些照片。她说，她没有勇气。不过，厄斯塔什曾舅外祖父却认为是他的错，因为他没有将照片还给妈妈。我呢，在我看来，情况是这么复杂，而且有这么多不同的立场，陷入谎言的陷阱也不是不可理解的。

最后，泰莎和我将妈妈父母的照片还给妈妈。她没有大喊大叫，也没有发疯。她微笑着，然后轻轻哭泣，并把我们紧紧抱在怀中。

"你们看到了吗？"泰莎问，"在刚刚冲洗出来的照片上，有些文字的颜色比其他的深！"

"哦，是的！"妈妈叫道。

我们三个凑到照片前，按顺序读出了加粗的文字。我以为加粗的文字跟留给我们的礼物有关。也许礼物被放在一个需要用密码打开的保险箱里？但不是这样的，加粗的文字只是向妈妈道别的温馨短语。

玛德，我爱你！

"你对厄斯塔什曾舅外祖父来说，真的很重要。"泰莎说完后陷入沉思。

"是的。"妈妈承认，"因为我们曾经总是互相帮助。"

我们保持沉默，肩并肩坐着。我在妈妈左侧，泰莎在妈妈右侧。我想，如果爸爸也在这里就好了。

"我们去看看那个礼物，好吗？"我问道。

"不！"妈妈语气坚决地说，"老房子不会飞走，礼物也不会飞走。既然礼物是送给我们整个家庭的，那就等你们的爸爸来了以后一起去看吧。"

我有些失望，但妈妈是对的。我们同时想到了爸爸，我更急切地盼着他早点儿到来！

重新出发

　　在有了这么多发现以后，各种情绪交织在一起，妈妈暂时停止了收拾老房子的工作。她想跟我们一起度过一些时光，所以在接下来的两天里，在她冲洗出厄斯塔什曾舅外祖父的最后一卷底片后，我们一直在一起。

　　我们骑车出去兜风、玩游戏、做饭、做陶艺……我觉得自己好像回到了小时候。那时候，我们有那么多事情想做，总是缠着妈妈陪伴在我们身边。一家人共同度过的时光很开心，即使我们已经习惯了独立和自由。

这些日子以来，达芙妮再也没有出现过……我经常会想到她。我责怪爸爸妈妈没有给我买手机，因为达芙妮有一台手机，如果我也有手机，就可以给她发短信了，这样就能知道她的情况。我还想借此机会修复我们的关系，修复被泰莎的鲁莽破坏的友谊。

第三天，正当我们午饭后收拾餐具的时候，有人来敲门了。

"找你们的。"妈妈看了一眼窗外说道。

我的心被揪了起来。是达芙妮吗？除了她还能有谁呢？

在我做出反应之前，泰莎已经冲了过去。我知道她已经反复思考了很久，见到达芙妮要怎么开口，但她打开门后却没有机会说话。

"我应该向你们解释。"我们的朋友先开了口。

"达芙妮！"我开心地叫道。能够再次见到她，我感觉特别幸福。

"不，"我们的朋友回答，"不是达芙妮，是奥内拉。"

我大吃一惊。她在说什么？我还是能够认出眼前这个女孩儿的。在这个假期里，她曾和我们一起分享老房子的秘密。这就是达芙妮，毫无疑问！

泰莎也不发一语。我转身看着妈妈寻求帮助，但她没有注意到这一幕，因为她正在研究怎么让咖啡研磨机运转起来。

这一次仍是泰莎掌握了主动权。只见她抓起放在一旁的床单指了指房子外面。

我们沉默着来到花园尽头，走到那棵柳树下。

"好吧，是这样的……"终于，女孩儿垂下眼睛说道，"你们可以认为我是个骗子和小偷儿，我不能反驳，我为我的行为感到羞愧。"

她停顿了一下。在我们面前承认真相，她是需要勇气的。

"如果一开始我告诉你们真相，就不会是现在这样的情况了。"她继续说，"我确实太愚蠢了。"

"什么真相？"泰莎问。

"我有个双胞胎妹妹，她叫达芙妮。几个月前她生病了。我不知道她得了什么病，只知道她病得很严重，可能会死去。假期前不久，她因病重住院了。遇到你们的时候，我正因为害怕失去她而焦虑。"

我们认真地听着她的讲述。泰莎冷静下来，她的神情和我的一样不安。尽管我们经常吵架、刺激对方，甚至偶尔惹怒对方，但如果我们的朋友遇到难以解决的困难，我们都会很难受的。我们很了解达芙妮——不管她是谁——感受到的悲痛。

"我很小的时候就听说这栋老房子是个秘密医院，能够治疗难以医治的疾病。所以，当你们告诉我，你们就住在那里的时候，我立马想到了那个神秘药水的传说。我祈祷有一种神奇的药物能治愈达芙妮。我想，正是因为我的脑子里全是我的双胞胎妹妹，所以我说出了她的名字，而不是我自己的名字。"

她的声音在颤抖，她的情绪在崩溃的边缘。

"也许你们觉得我的想法很奇怪。我不停地对自己说，我宁愿生病的人是我，而不是达芙妮。我抓住机会跟你们'交流'，即使这样做不能改变现实。我完全做错了，希望你们能原谅我的谎言。"

她擦了擦眼睛，也许是为了不让眼泪流下来。我看得出她的震动，我自己也一直揪着心。

"我们都有迷失的时候，都有说谎的时候。"泰莎温柔地说。

"可我一开始就骗了你们，"奥内拉接着说，"所以我不能告诉你们我还有个生病的妹妹。为了她，我需要找到传说中的神秘药水。我陷入自己的谎言中，就像你们的厄斯塔什曾舅外祖父那样。我想了解你们，还想跟你们做朋友，这些从来都不是谎言。"她忍着抽泣说道，"但是，我也准备好为拯救达芙妮付出一切代价，甚至偷一瓶药水。当得知'遗忘精华'只与记忆有关时，我很绝望。我对自己说，也许它还可以治疗别的疾病。我没有其他办法，我想试一试……"

她的声音哽咽。她吞了吞口水，擤了擤鼻涕，尽量保持平静："当我发现'遗忘精华'更适合治疗我自己的时候，我受到极大的触动。然后，我们又一起发现'遗忘精华'也是个谎言，这时我才明白，自己只不过偷了一瓶普通的水。这种感觉真是太糟糕了。我是那么愚蠢……我不想利用你们，我发誓！"

我第一次用"光速"分析了这一切——也许我的

思考速度真的有了进步——许多事情都说得通了。她的悲伤是因为，相比与记忆有关的"遗忘精华"，她更希望找到能够治病的"精华"；她手腕上刻在心形图案里的字母D，实际上代表了达芙妮；奥内拉不愿意我们去她家，是担心我们遇到她的父母，她的谎言会被揭穿。

"我不怪你，"我说，"如果泰莎病得很重，我也会不知所措。"

"那是因为如果我不在的话，你就不能做任何决定了。"泰莎翻了个白眼说道，"我不怪你，达……奥内拉。"

几秒钟的沉默。短短的几秒钟，我们耳边仿佛传来了"乡村音乐"：风声、虫子和动物们的叫声、小溪的水流声。然后，达芙妮或是奥内拉，如释重负。

"今天早晨，"她接着说，"医生终于宣布我的妹妹脱离了危险。这是几个月以来我听到的第一个好消息！当然，她还得休息。可能几天后她就可以回家了，这给了我勇气，来向你们坦白一切。"

泰莎和我都笑了。看到我们的朋友脸上充满喜悦，我们也很开心。

　　"好吧。"泰莎说，"我有一个比'遗忘精华'更有效的方法让我们忘记烦恼，并能够重新出发。"

　　"是吗？"奥内拉有点儿害羞地问道。

　　"是的，那就是我们一起来一个大大的拥抱！"

　　泰莎搂住我和奥内拉，于是我们三个紧紧地拥抱在一起。然后，我们开怀大笑。

30

假期中的"圣诞节"

几天后，也就是复活节假期第二个星期过半的时候，我们度过了一个"圣诞节"。我这么说，大家可能不理解，但这的确是泰莎、妈妈和我的感受。

我们邀请奥内拉一起享受老房子里的一切。虽然偶尔还会出错，但我越来越适应叫她"奥内拉"，而不是"达芙妮"了。奥内拉给我们看了她妹妹的照片，那个真正的达芙妮跟她很像，只是发型不同。这样更好，如果有一天我们有机会见到达芙妮，就可以直接认出她了！我们希望以后时不时来尚特卢布，这样就有机会见到完全康复的达芙妮了。

星期三傍晚，奥内拉刚刚回了家，我们正在帮妈妈做饭，突然，复活节假期中的"圣诞节"降临了。

有人在敲门，然后"礼物"出现了。

"什么！你怎么在这儿？"妈妈看见爸爸，欢呼起来。

"难道不惊喜吗？我们把工作会议改了时间，所以我搭乘更早的航班飞回了法国。"

妈妈和泰莎都拥抱着爸爸。爸爸提前三天回来，这样我们就有充裕的时间向他展示这栋老房子的所有秘密了。真是太棒了！

我没有像泰莎一样表现出欣喜若狂的样子，但走上前在爸爸脸上印上了一个重重的吻。

爸爸不了解妈妈的过去，因为他从来没有问过她，这个想法让我坐立不安。再加上他总是出差，所以我觉得他并不是十分关心自己的家庭。但是，这一次他提前回来了，让我有些意外。

"孩子们，你们的最后一封电子邮件触动了我。"爸爸说，"我一定要提前回来，我必须来这里找你们！"

"你们全都告诉他了？"妈妈问道。看来妈妈真的没有看过我们和爸爸之间的电子邮件。

"差不多……"泰莎扭着手指回答。

"你们做得不错！"妈妈只说了一句。

"现在我有了更多的生活感悟，"爸爸的说话声清晰而洪亮，"我不想再等了，我要马上告诉你们！"

"啊？"泰莎、妈妈和我异口同声地发出惊叹。

烤面包机的画面突然出现在我的脑海中。我又想到那一天，爸爸在吃早饭的时候向我们宣布他要去巴西出差两个星期，他不敢面对我们，所以一直背对着我们，而且说话声音低沉。他不擅长谈论自己的私生活，却可以面对上百人做演讲，我常常为此感到困惑。可是，现在我几乎认不出他了。他面对面看着我们，没有利用烤面包机的声音来掩盖他的说话声，看来我们的电子邮件真的触动了他。

"厄斯塔什舅外祖父向我们证明了，每个人都可以面对一切，即使是最坏的情况。"他接着说，"玛德，在没有父母的陪伴下生活，对你来说应该是很可怕的。我从来不敢跟你讨论这些，因为我不想揭开你的伤疤。但现在我明白了，这是你生命中的故事，我们不应该将它封存。它很重要，它存在着，而且并没有阻止我们组成一个幸福的家庭。"

爸爸看了看泰莎和我，又说："而且我明白了，我们可以学着在没有某个人的情况下继续生活，但可以尽量避免这种情况，所以我以后尽量不离开你们。我已经跟我的上级说过了，希望每年出差的次数有所限制，他也表示理解。我们会找到一个新的平衡，我不应该总是在做了决定以后才通知你们。"

"哈哈，有进步！"泰莎说，"但是，我要提醒你们，还有一扇房门需要打开呢，也许现在可以试一试！"

我们把第三十六把钥匙交给爸爸。最后这把钥匙需要打开那个被U形走道隔出的小隔间。房门被打开后，我们发现这个保存记事本的房间非常小，能透进阳光的窗户也很小。我们四个人站在里面特别拥挤。

妈妈再一次要求我们不要碰那些记事本。但是，她找到自己的记事本后对爸爸说，她希望今晚跟他一起重读往事。为此，爸爸很激动。

我们很快就在置物架的角落找到了一个礼物，上面挂着一张标签：给玛德和她的家庭。

我惊讶地问道："没有密码要破解吗？"

"也许里面有。"妈妈微笑着猜测道。

我们下楼来到客厅，围坐在茶几周围，决定一起拆开礼物的包装纸。收到一份给整个家庭的礼物，这种感觉真是太棒了！它将我们集合起来，让我们充满了好奇和期待。

"我数一、二、三！"泰莎兴奋地说。

三秒钟后，被撕碎的包装纸下出现了一个纸盒。爸爸掀开盒盖，拿出了一个似乎是厄斯塔什曾舅外祖父制作的小机器，里面还有一卷闪闪发光的纸和一封简短的信。

大家好：

这是一台拍立得。我知道它已经被发明出来了，不过这一台是我自己制作的。它有一个与众不同之处，你们很快就会发现的。

用它来记录你们一路上的美好时光吧！我只给你们准备了一卷相纸，但你们可以在我的办公桌里找到更多相纸。我相信你们有数不胜数的美好时光需要用它记录下来，直到将所有的相纸用完。

大大的拥抱!

厄斯塔什

我们沉默着，紧紧地靠在一起。爸爸拿着拍立得，将手臂伸到最长。他说，这里没有其他人能帮着拍照，虽然自拍显得很滑稽，但这一刻仍需要被记录下来……他絮絮叨叨地说了很多话，似乎停不下来了。

咔嚓!

这是拍立得的快门声。

这个声音让我想到三十六把钥匙开启门锁的声音，随后一张小正方形的相纸从相机里慢慢吐出来。我们凑在一起，等着影像形成。

"看到我们的轮廓了!"泰莎叫道。

当印着我们笑容的照片终于干了后，我们仔细地观察这台拍立得，但没有找到任何特别的地方。厄斯塔什曾舅外祖父在信中说，它有一个与众不同之处，可这个与众不同之处到底在哪里呢?

"也许过一会儿我们就会明白的。"妈妈说，"现在我们去吃晚饭吧！"

我们做了寿司，这是我最爱吃的美食之一。爸爸向我们讲述了巴西的行程，然后我们的话题很快又回到老房子上。

"你想怎么处理这栋老房子？"爸爸问妈妈。

"我还没有决定……"

"如果你拖的时间太长，那就由我来做决定吧。"泰莎开玩笑说。

"我想，我会关闭一些房间，以保证它们的完整。"妈妈说着她的想法，"这里这么大，我们不需要所有的房间！然后……也许我会把这里改造成家庭旅馆，让这栋老房子重新接待一些人……我们继续在里昂生活，但可以来这里过周末和度假。我想，我们应该一起讨论这个问题。你们满意这样的安排吗？"

事实上，妈妈已经思考这个问题很久了！

"能够跟奥内拉做邻居真是太棒了！"泰莎高兴地说。

我们开始讨论接下来的计划和这里的改造工程。

我又想到当初自己对来这里度假的抱怨，然而这个地方却给了我有生以来最难忘的假期！我觉得很奇怪，这就像一个完整的故事，让我对我们的家庭有了更多了解，而且似乎解决了很多问题。在这些问题当中，有些是我曾经忽略的，有些曾经让我觉得很沉重，比如爸爸常常缺席我们的生活。现在，我好像一瞬间长大了，对许多事情有了更深刻的理解。

就在这时，泰莎拿起厄斯塔什曾舅外祖父送给我们的拍立得，说：“我要给你们拍照了！”

咔嚓！

终于，我们发现了这份礼物的与众不同之处。在印出的照片正面，显现出我一边吃三文鱼寿司，一边思索的样子。而照片的另一面却不是空白的，那上面也有一张照片，照片上是正在给我们拍照的泰莎！

“太棒了！”泰莎高兴地跳起来，随后她又冷静下来，“但是，为什么第一张照片只有单面呢？”

“也许那是相纸的第一张，”妈妈说，“现在应该每一张都是双面的了！”

“厄斯塔什舅外祖父真是个天才！”爸爸看着照

片，不禁赞叹起来，"他让每个人都出现在照片上，甚至没有忘记拿相机的人！啊，对了，我从巴西给你们带了礼物，我这就去把礼物拿过来。"

哈哈，这就是整个故事。故事的结局我们都非常满意。

而且，我刚才已经告诉你们了，这是复活节假期中属于我们一家人的"圣诞节"！